ESCARTEFIGUE

HISTOIRE DE BRIGANDS

JEAN GALMOT

Nanette Escartefigue

HISTOIRE DE BRIGANDS

Les Barbets du Comté de Nice et les Réquisitionnaires de l'Estérel

NICE
P. LERSCH & A.-N. EMANUEL, IMPRIMEURS-ÉDITEURS
1906

DÉDICACE

Pour amuser vos jolis yeux, voici, ma chère amie, une histoire vraie de ce pays, un récit d'autrefois où il y a des brigands et des héros, de la pitié et du soleil, et les douleurs d'une pauvre fille amoureuse...

Et si, dans ces paysages où passent, parmi les crimes glorifiés, d'ironiques images de justice et de liberté, s'il y a, sur ce sol ardent et naïf, quelques fleurs, çà et là, je vous les offre avec ces pages, très modestement, en hommage respectueux.

Jean GALMOT.

LES RÉQUISITIONNAIRES DE L'ESTÉREL

Le Comté de Nice fut, de tous temps, un pays d'aventures. Sa position au flanc des Alpes, au bord de la grande route, où les courriers d'Italie et d'Espagne passaient, chargés d'or, l'isolement des bois, la solitude de la région, loin de tout gouvernement, y favorisaient le règne des brigands.

Les conditions géographiques et économiques du pays suffisent à elles seules pour expliquer la fréquence et l'audace des actes de banditisme. Et l'histoire, les vicissitudes politiques de ces régions qui changèrent si souvent de domination sans savoir exactement parfois à quel royaume elles appartenaient, justifient encore la disposition des paysans pour la vie défensive des grands bois où l'homme est libre.

Et voici l'histoire fantastique et terrifiante de Jean-Pierre Pons, chef des brigands de l'Estérel, et de Nanette Escartefigue, « qui avait sacré son poignard à la Vierge, son âme au Diable et son corps à tous les hommes. »

Voici, le récit féroce et grotesque des exploits des « Réquisitionnaires », tel que je l'ai conçu d'après une compilation ignorée des savants et des bouquinistes (1).

---

(1) Copie de la Procédure instruite contre les prévenus de Brigandage comme auteurs ou comme complices. — Deux volumes. A Draguignan, chez Fabre, Imprimeur-Libreur, an XII — 1804.

Pour ne pas fatiguer le lecteur par l'abus des renvois au fond de la page, je préviens que les citations et les passages entre guillemets sont tirés de cet énorme dossier, qui contient tous les interrogatoires des prévenus.

Cette histoire est peu connue; elle n'a jamais eu les honneurs de l'étalage des libraires ni du rez-de-chaussée des journaux, et je l'offre au lecteur, en m'excusant de la fantaisie et de l'irrévérence de mon écriture.

*
* *

Il y a un peu plus d'un siècle, le 4 juillet 1804 — 15 messidor an XII de la République une et indivisible — Jean-Pierre Pons, dit Turriers, comparaissait, libre et sans fers, devant le citoyen Jean-François Pissin Barnal, juge au Tribunal spécial du Var, à Draguignan.

« Ensuite des ordres du Grand-Juge, ministre de la justice, disait la lettre que les gendarmes remirent au juge Pissin Barnal, on traduit devant vous Jean-Pierre Pons, de la commune de Pourrières, condamné à la peine de mort par jugement du 29 prairial dernier, rendu par le tribunal spécial des Basses-Alpes. Le condamné a fait appel à la clémence du Premier Consul. C'est à vous, citoyen juge, à vous informer de la vérité ou de la fausseté des déclarations que ce criminel a promis de vous faire. »

Jean-Pierre Pons, chef de brigands, avait reçu une balle dans la cuisse au cours d'une échauffourée avec les gendarmes. Il était resté sur le sol, et après huit jours de détention à la prison de Digne, le Tribunal spécial le condamnait à mort. On le conduisait au mur où il allait être fusillé, lorsqu'il déclara qu'il ferait des révélations. C'était la première fois qu'un brigand offrait de parler. Dix-sept partisans avaient été successivement condamnés et ils étaient mort stoïquement, gardant, au moment de mourir le respect du secret qui les avait liés devant le Tribunal.

On fit aussitôt les meilleures promesses au bandit. Le Premier Consul le grâcierait certainement s'il parlait. Et, pour lui donner une première garantie, on le conduisit, sous une forte escorte, mais « libre et sans fers », devant le juge de Draguignan.

Grand, large d'épaules, le front haut et impératif, Jean-Pierre Pons était un chef puissant et aimé dans la bande des « réquisitionnaires » qui lui avait donné le plumet rouge du commandement. Pendant quatre ans il avait terrorisé la région de la Roya à la Durance, écumant les routes, pillant les bastides, pendant haut et court les militaires. Cent cinquante meurtres avaient été commis par la redoutable bande qui luttait en bataille rangée avec la force armée. Elle avait adopté un uniforme, et ces bandits, qui mettaient le feu aux récoltes, tuaient les paysans et violaient les femmes, avaient un panache : ils luttaient pour un instinct, presque pour une idée. C'étaient des révoltés contre la conscription ; ils voulaient être libres et refusaient de quitter le sol ardent où ils étaient nés. On les appelaient des « réquisitionnaires » et des « fuyards ».

Le besoin de la défense nationale n'existait pas dans ces populations robustes, peu familiarisées encore avec l'idée de patrie. Aussi la bande trouvait-elle chez les paysans, qu'elle rançonnait pourtant, un appui constant et sûr.

*
* *

— « Je me suis toujours conduit comme un homme d'honneur et de probité, déclara Jean-Pierre Pons lorsqu'il fut en présence du juge Pissin Barnal.

— Vous êtes un chef de brigands, répliqua celui-ci.

— J'étais revolté contre une loi inique, je voulais être libre ; je ne veux pas être soldat.

Voici comment je suis devenu « fuyard » : Lorsque je fus appelé par la conscription, j'hésitai. L'idée de servir à l'armée ne me déplaisait pas. Mais sur huit jeunes gens appelés précédemment par cette loi de la République, dans notre commune sept avaient refusé d'obéir. Je les avais fréquentés dans les bois où ils vivaient réunis.

Cependant, poussé par mon humeur, je vis le maire de Pourrières, le citoyen Lazare Ouvière, qui me remit mon ordre de route. Je vins ici même, à Draguignan. J'appris que je devais me rendre au camp de réserve, à Dijon. Malgré la distance, j'étais résolu à partir. Auparavant, je revins à Pourrières faire mes adieux à mon père. C'est ce qui me perdit. Le malheureux vieillard me prit par le corps, s'attacha à moi, me supplia d'avoir pitié de son âge de ne pas partir pour une terre lointaine courir les aventures d'un métier si étranger à notre race. Je m'arrachai de ses bras en lui disant que l'obéissance à la République était plus forte que mes devoirs envers lui. Je quittai la maison des Hermentaires, où je suis né, où ma mère est morte, et j'eus du regret en traversant l'oliveraie et notre terre qui allaient être abandonnées, car mon père est trop vieux pour s'en occuper. Les fuyards m'attendaient sur la route, ils m'amenèrent au ci-devant château de Saint-Marc des Planes. Là je trouvai Nanette Escartefigue, qui est ma maîtresse...

Je passai la nuit avec mes amis ; le lendemain matin, je partis. *Nanette* me suivit, je voulus la renvoyer ; je n'y réussis pas !

Je serai avec toi partout, me dit-elle, à l'armée où dans les bois ; je te suivrai comme un chien. Si tu restes fuyard, je m'habillerai en homme, je porterai ton fusil et je ne te quitterai jamais....

C'est ainsi que je suis devenu réquisitionnaire », conclut Jean-Pierre Pons.

NANETTE ESCARTEFIGUE

Les deux protagonistes de l'épopée des Réquisitionnaires sont Jean-Pierre Pons et Nanette Escartefigue, sa maîtresse. Il est impossible de concevoir une figure plus attachante que celle de cette héroïne de crime et d'amour.

— J'ai nom Nanette Escartefigue, déclare-t-elle au Juge, Nanette à feu Joseph, ménager. Je suis âgée d'environ vingt-cinq ans.

— Où habitez-vous ?

— Je ne sais. J'habitais où allait Jean-Pierre...

C'est une fillette brune, de taille moyenne, aux yeux très noirs, à la chevelure « éparse en les épaules », à la chair ardente, qui parle mal le français.

Elle était blanchisseuse à Saint-Martin-de-Pallières, quand Jean-Pierre Pons la connut. Elle l'aima ; le jeune paysan devait l'épouser quand la conscription en fit un « fuyard ». Nanette le suivit dans les bois, et au contact de la rude nature, dans la vie farouche des bandits, son tempérament de femme s'éveilla aux pires instinct.

LA DILIGENCE DE NICE

Lorsqu'il eut décidé de devenir « fuyard » à son tour, Jean-Pierre Pons rentra au village chercher un fusil. Il prit en outre une ceinture de cuir pour mettre les écus. Mais lorsqu'il revint au bois, les fuyards lui avaient préparé un cadeau.

François dit la Paille, qui avait le visage piqué de roussure, les cheveux ardents et tressés avec un peu de plomb au bout, lui remit un fusil anglais à bascule.

— Je le pris moi-même des mains de Madame, dit-il, quand nous allâmes au ci-devant château de Barras. Il a un canon superbe monté sur argent. Thomé Durand, dit le Dragon, qui fut guillotiné à Draguignan, m'offrit, en vain, en échange un couvert d'argent, et douze francs en plus. Il est léger comme un pistolet...

Jean-Pierre embrassa François dit la Paille et comme il avait déjà un fusil il tendit l'arme à Nanette :

— Je te l'octroie, garde-le...

La blanchisseuse épaula :

— Il est plus léger qu'un fer à repasser, dit-elle, je le garde ; bien hardi sera celui qui le prendra.

Cependant une expédition devait avoir lieu le soir même ; il s'agissait d'aller entre Saint-Maximin et Tourves attendre une voiture qui se rendait à Nice.

La bande s'organisait. Il y avait là Vitalis de Fuveau, Ferry la Blache, Joseph dit Gigelon, Joseph Goin de Moustiers, Laurent Bidoï de Rans, Brunet de Saint-Just de Marseille, Isnard de Saint-Julien-d'Asse, Tiste de Cadenet, François Férier le Languedocien, Sévère Gourin, Etienne Imbert dit Laget, les cousins Liautaud de Pourrières, Nimes le Gendarde, Laurent Silvy dit le Duc, Honoré Leth, et dix autres.

Lorsque le groupe fut formé, des murmures s'élevèrent à cause de la présence de Nanette.

François la Paille dit à Jean-Pierre :

— Renvoie-la, on lui ferait un mauvais parti.

Mais la jeune femme protesta.

— Allons devant, nous autres, je guetterai sur la route ; jupon de femme n'est point suspect.

Ainsi fut fait. On arriva vers deux heures du matin au pont d'Argent, près de Tourves. La voiture devait passer au petit jour. Les brigands se disséminèrent dans le bois qui borde la route en pente ; la plupart se cachèrent sous le pont pour assaillir la diligence en groupe et Nanette au sommet de la côte fit le guet.

Vers quatre heures, un galop de cheval résonna. Nanette donna l'alarme, mais personne ne bougea. C'était Ricard de Trest et la maîtresse d'Archier d'Auriol qui allaient à Saint-Maximin. Et c'était lui qui avait donné avis du passage du juif pour qu'on ne l'arrêtât pas. En traversant le pont, il cria :

— Ami !

Bientôt on vit déboucher l'escorte de huit militaires qui entouraient la diligence. Il y avait un peu de lune ; mais en descendant sur l'Argent, la route se noyait d'ombre. Au pont, l'obscurité était complète.

Les cavaliers s'engagèrent à toute allure dans la descente rapide. Derrière, Nanette courait pour être à la mêlée.

Au moment précis où la diligence s'engageait sur le pont, la fusillade éclata. Deux cavaliers tombèrent et l'on entendit la voix du conducteur, qui était Brémond d'Aix, hurlant à rendre l'âme — A l'aide !

Les militaires firent leur devoir, sauf trois qui prirent la fuite.

Nanette avait tiré ; elle avait atteint au visage Brémond le cocher.

Le juif avait reçu une balle au front. Bien qu'il fût sur le point de rendre l'âme, on le pendit à un arbre. Le butin fut assez beau. Il y avait dans la sacoche du voyageur trente louis et deux mille francs. Deux ballots contenaient du safran et de la dentelle pour un prix inestimable. Il y avait aussi des vivres.

Les brigands allèrent aussitôt dans une bastide voisine boire et manger.

Comme ils festoyaient, on vit rentrer une sorte de soldat de petite taille que conduisait Jean-Pierre au bras. C'était Nanette. Sur la grande route, elle avait déshabillé, aidée de son amant, l'officier commandant le petit détachement, et elle s'était déguisée en homme.

Elle avait un pantalon à la hussarde, bordé tout le long, en dehors des cuisses, d'un drap rouge, garni de boutons tout le long. Elle portait un gilet blanc, une carmagnole de nankin rayé bleu et blanc, un mouchoir de couleur jaune au cou et un chapeau d'homme rond, avec un gallon d'argent terminé par des pompons aussi d'argent.

Le verre tendu vers le couple qui arrivait, les bandits poussèrent de longues acclamations. Deux gars renversèrent Nanette par les épaules en arrière et la portèrent sur la table. Le pantalon trop long cachait ses pieds qu'elle avait menus, et le gilet crevait, déboutonné au milieu sous la pression des seins. Elle brandissait un fusil au canon d'argent. Cependant, le gilet blanc était taché d'une éclaboussure de sang ; il était troué ; la jeune femme s'était mouillée aux mains de sang en s'habillant.

BRIGANDS COSTUMÉS

Pendant trois mois, la bande courut les pires aventures. Au mois de floréal, trente voyageurs qui revenaient de la foire de Saint-Maximin, furent arrêtés et volés entre la commune de Tavernes et de Quinson, arrondissement de Digne. Les paquets de dentelle, les sommes de monnaie d'or et d'argent, les fusils volés s'entassaient dans la bastide, dite la Blaquière, terroir de Pourrières, à une demi-heure de chemin du village.

Cette bastide appartenait à Mme l'Estroc de Tourves.

On avait aussi enlevé à la gendarmerie deux réquisitionnaires, Pechot, du Cannet et Daumas, dit Basset. Mais les militaires s'étaient mis en mouvement. Le général Guillot descendit de Grenoble avec une force considérable, sur Draguignan jusqu'à la mer. Il fit proclamer dans les communes que la chasse qu'il faisait aux brigands serait sans pitié. Et, pour commencer, on fusillait tous les hommes que l'on rencontrait sur la route en armes. On mit le feu çà et là, dans les bastides, pour effrayer les paysans, et il n'est ménage qui ne connut bientôt la terreur de la soldatesque.

Le préfet du Var, J. Fauchet, avait donné au général des pouvoirs discrétionnaires.

Les fuyards étaient admirablement armés pour lutter contre cette répression. Ils régnaient dans les bois en pays conquis ; c'était leur bien, le domaine où les initiés seuls pénétraient.

Cependant, le besoin d'une organisation se faisait sentir. Et sans qu'ils se fussent consultés, par la force même des choses, à la suite de la série d'expéditions où Jean-Pierre et Nanette s'étaient affirmés comme des meneurs, Jean-Pierre Pons, dit Turriers, se trouva être le chef de la bande. Les deux amants ne se quittaient jamais, ils vivaient comme à l'écart, parlant très peu, évitant les scènes d'orgie ; mais dans les expéditions leur audace était féroce ; ils tuaient et pillaient comme à la guerre.

Lorsqu'un indicateur signalait le passage d'un marchand, d'une diligence, ou de la malle, c'était autour de Jean-Pierre qu'on se réunissait. Il avait adopté un uniforme. Il portait, comme Nanette, une culotte de nankin et il avait sur la tête un chapeau de chef d'escadron, avec un plumet tout rouge, qui se voyait de fort loin. Nanette l'avait décoré d'une belle médaille d'or, large comme la paume de la main, qu'elle avait volée à un commissaire d'Aix, à une rencontre près du bois d'Ollières. La médaille, suspendue par un ruban bleu, pendait très bas sur l'estomac.

Ainsi, par son prestige physique, par l'audace de sa décision et l'énergie de son attitude, mais aussi par l'habileté de Nanette, qui le décorait, Jean-Pierre Pons prenait sur ses camarades une autorité de plus en plus grande, jusqu'au jour où la bande le reconnut solennellement pour chef en lui prêtant serment.

Cependant plusieurs des brigands avaient mis des plumets à leurs chapeaux, les uns rouge et noir et les autres tout noir ou tout blanc. Bientôt ils s'habillèrent complètement de costumes éclatants, volés aux soldats. De loin, on les prenaient pour des militaires. Beaucoup avaient la figure barbouillée de noir.

François, dit la Paille, était habillé de toile de voile, culotte longue et chapeau rond. Il portait des guêtres et une large écharpe rouge qui lui enveloppait le corps. Il se distinguait par son costume de ses compagnons et surtout de Jean-Pierre qu'il haïssait. Une haine sourde était née entre les deux hommes. François, dit la Paille, aurait voulu être le chef de la bande. Sa puissance physique — il avait cinq pieds — et son orgueil lui donnaient le droit d'avoir cette ambition. Il était, d'ailleurs, le premier réquisitionnaire qui ait pris les bois. De fréquents conflits s'élevaient entre Jean-Pierre et François. Un jour, ce dernier, qui avait la figure éclatante, plus rouge que son écharpe, lorsqu'il entrait en colère, menaça le chef de le tuer. Jean-Pierre le mit en joue aussitôt et aurait tiré certainement si Nanette ne s'était élancée sur l'arme.

Les brigands disaient que Nanette était la cause de cette jalousie. Ils disaient aussi que François aimait la maîtresse de Jean-Pierre et ces paysans aux instincts sauvages, qui tuaient chaque jour, et volaient le vin et les femmes dans les bastides avec une rapacité de brutes déchaînées, s'intéressaient à cet amour avec une curiosité réjouie.

— Pourquoi François n'aurait-il pas Nanette ? disait Fucher Auquier, dit lou Nas Ratà (le nez écorché), il est moins laid que le vieux Pigouin de Rians qui l'eut le mois passé sur le chemin de la Roque, pendant que Jean-Pierre distribuait le butin de l'affaire du bois de Saint-Julien. François la Paille aura Nanette comme nous prenons les bastides... par surprise.

Cependant Nanette avait mis des dentelles, volées au marchand juif de Nice, aux manches de sa veste de nankin rayé bleu et blanc. Et quand elle appelait quelqu'un en agitant son fusil au canon d'argent, en se grandissant sur ses pieds, elle apparaissait singulièrement belle et troublante dans le sourire large de ses lèvres humides et chaudes de santé...

BONAPARTE DÉVALISÉ

La bande de Jean-Pierre Pons, de floréal an VII à thermidor an X, commit trois cent actes de banditisme au cours desquels près de cent personnes trouvèrent la mort.

Le préfet du Var, écrivait « en dénonciation » au commissaire du Tribunal spécial, à la date du 26 frimaire an XI, une lettre qui commence ainsi :

— « Vous n'ignorez pas, citoyen commissaire, que le gouvernement a pris de grandes mesures pour la destruction du brigandage. L'envoi d'un corps de troupe, sous le commandement du général Guillot et les ordres sévères qu'il a reçus, indiquent bien que la volonté des représentants du peuple est d'en finir avec une situation si nuisible à la chose publique. Les brigands costumés qui vous seront livrés prochainement ne méritent aucune pitié. Leurs tristes exploits ont plongé notre région dans la terreur et la désolation, Je crois devoir appeler votre attention sur ce fait que les bandits dont vous allez être appelé à scruter la conduite, sont ceux qui attaquèrent les équipages du général Bonaparte à son retour d'Egypte... »

Joseph Fauchet, préfet du Var, était heureux de pouvoir plaire au Premier Consul, dont la fortune s'annoncait si merveilleuse. Cette affaire des équipages du général Bonaparte le passionnait. A plusieurs reprises, il envoya des ordres très énergiques tant au général Guillot qu'aux commissaires des deux départements des Basses-Alpes et du Var pour que les auteurs de cette audacieuse agression, soient activement recherchés et punis.

Ce n'était pas un incident banal, on le conçoit en effet. Et le jeune général dut sentir son amour-propre vivement blessé à ce moment.

LA CAVERNE DE SAINT-MAXIMIN

Les brigands avaient une haine particulièrement féroce envers les militaires. Les révoltés contre la conscription étaient sans pitié pour les soldats qui les fusillaient ou les pendaient selon le cas. A chaque instant, on trouvait des cadavres de militaires sur les routes. Tout uniforme était de bonne prise.

Lorsque les indicateurs annoncèrent le prochain passage du général Bonaparte, les bandits résolurent de tenter un coup de main. L'armée devait suivre la route d'Aix.

Or, une excellente cachette se trouvait à Saint-Maximin, au bord de la grande route. C'était la bastide de Nicolas dit Micoreou. La maison, grande et haute, bâtie en forme de tour, domine un mamelon qui a une vue très étendue sur la plaine, Des trous pratiqués aux murs extérieurs permettent de surveiller la route sur plus d'une lieue de droite et de gauche. Cette bastide avait donné asile autrefois, à des hobereaux, véritables pillards qui rançonnaient les routes. Les journées de 1793, les en avaient chassés ; les paysans de Saint-Maximin, avaient pendu Pierre de Romanin et son cousin le sire de Gonfaron, derniers survivants de cette lignée de seigneurs pillards. Un ancien meunier, Nicolas, en avait pris possession ; et, avec sa permission, la bastide avait repris son ancienne destination : elle était devenue un repaire de brigands.

Jean-Pierre Pons y avait établi son quartier général. Il logeait avec Nanette au premier, dans une vaste salle aux meubles antiques. Trophime Joucques, un jeune homme du Luc, qui était devenu brigand, par goût de la poudre, couchait sur un lit fait de paille de maïs, en travers de la porte. L'asile était confortable et sûr ; on y faisait bonne chère.

Cependant, la bastide était édifiée sur un rocher de calcaire percé d'un profond souterrain. Le puits, situé dans la maison même, avait, à trois pieds de profondeur, une ouverture creusée dans sa paroi par laquelle on pénétrait dans le souterrain. Un couloir bas et très dangereux parce qu'il était gluant et incliné vers le puits, conduisait à une sorte de vaste salle assez bien fournie de provisions et d'armes. De là, on descendait par un très long passage dans la plaine. L'ouverture était cachée dans un fourré de buissons. Cette caverne, qui est fort bien décrite dans une lettre du commissaire du Tribunal spécial de Digne à son collègue de Draguignan, en date du 2 germinal, an XI, était un asile d'une sécurité absolue. Les gardiens qui faisaient le guet aux fenêtres crénelées de la bastide donnaient l'alarme, lorsque la force armée apparaissait, assez tôt pour que les brigands aient le temps non seulement de se dissimuler dans la caverne, mais même de s'évader dans la campagne.

LES ÉQUIPAGES DU GÉNÉRAL BONAPARTE

Le passage du général Bonaparte parut à Jean-Pierre Pons, une occasion unique de faire une tentative qui pouvait assurer définitivement son autorité sur la bande. Il était fort difficile pour lui, de garder une influence réelle sur des camarades aussi violents et aussi indépendants que les réquisitionnaires. Paysan adroit et robuste, mais sournois et brutal, il lui manquait la souplesse et l'intelligence du commandement. Il était autoritaire, non par orgueil, mais par ce besoin instinctif de commander et de posséder qui caractérise la race de la terre. Il se montrait dans les engagements, d'une audace et d'une violence qui tranchait souvent sur la couardise héréditaire de ses compagnons. Sujet à de terribles crises de colère, il aurait tué un partisan sans hésiter ; et la crainte qui l'entourait était en partie inspirée par cette violence de son caractère.

La douceur de Nanette tempérait heureusement l'humeur ardente de Jean-Pierre. C'était elle qui pansait les blessés, et c'était elle surtout qui animait de sa gaieté les repas et les réunions de la bande. Elle avait pris peu à peu les goûts et le sans-gêne des brigands ; elle avait adopté leur langage et aussi la grossièreté et le libertinage de leurs attitudes. Elle voulait à tout prix être un « homme » et s'appliquait à copier son amant. Mais son tempérament l'emportait sur sa volonté. Un soir, François la Paille qui rentrait avec Sévère Gourin et les cousins Liautaud, la trouva assise sur les marches de la bastide, la tête entre ses mains, Comme elle ne répondait pas à son appel, François lui souleva brutalement le front. Elle avait le visage baigné de larmes. Les trois bandits éclatèrent de rire :

— Jean-Pierre t'a battue, Nanette ?

Elle ne savait pas pourquoi elle pleurait. A la lune nouvelle, une langueur douloureuse l'accablait ; elle avait honte de se sentir femme...

Ce soir-là, on partit à la nuit tombante pour Saint-Maximin. Bonaparte devait passer assez tôt, car il comptait être au petit jour à Aix. Il eût été imprudent d'attaquer les équipages dans la plaine ; on allait les attendre au bord de la forêt de Saint-Maximin.

Vers dix heures, deux cavaliers passèrent à bride abattue. C'était sans doute, un courrier devançant l'arrivée du général à Aix. Puis, à une heure de temps, le cortège apparut. Les bandits étaient installés tout près de la route, au fond du ravin du terroir de Rians. Il fallut attendre longtemps que les militaires eussent défilé. L'escorte, contrairement à ce que l'on avait dit, était considérable. Bonaparte était à cheval. Lorsqu'il passa, Nanette épaula. D'un geste violent, Jean-Pierre repoussa le canon d'argent du fusil :

— C'est à cause de lui que tu es « fuyard », fit Nanette (1).

Mais ce n'est pas un engagement avec la troupe que désirait Jean-Pierre, c'était un butin abondant, de l'or et des vivres qu'il distribuerait comme un chef dans le silence respectueux des compagnons.

Enfin, vers minuit, on entendit le galop de l'escorte des derniers équipages. Quatre voitures arrivaient, entourées d'une

(1) Ce détail, qui se trouve affirmé dans l'interrogatoire de Nanette Escartefigue, page 479, tome deuxième, première partie, de la copie de la procédure, a sa saveur. Jean-Pierre Pierre Pons a sauvé la vie de Bonaparte, qui refusa de le gracier, bien que le fait ait été souligné dans le recours en grâce du condamné à mort.

trentaine de cavaliers. Quelques arbres coupés avaient été rapidement placés en travers de la route, sous un amoncellement de branches. Le cortège s'arrêta ; il fallut une demi-heure aux cavaliers pour enlever cette sorte de barricade. Ce temps était précieux pour la réussite de l'expédition. Il fallait, en effet, que le gros du cortège ne pût pas entendre la fusillade.

Au moment où les militaires qui avaient abandonné leurs fusils, terminaient ce travail de déblaiement, Jean-Pierre commanda le feu. Les soldats tombèrent sur le sol sans avoir pu tirer un seul coup de fusil. Les chevaux de la première voiture avaient été tués. L'équipage qui suivait s'emballa au bruit de la fusillade et vint s'effondrer contre la première voiture.

Le pillage des caissons fut très rapidement fait. On enlevait tout ; les brigands se passaient les objets de mains en mains jusqu'aux cavaliers qui partaient au fur et à mesure qu'ils étaient chargés.

Quelques brigands fouillaient les blessés et leur enlevaient jusqu'à leurs vêtements.

Nanette s'efforçait de prendre un anneau qu'un jeune officier blessé avait au doigt. Elle n'y parvenait pas. Déjà, la bande partait ; il ne restait rien dans les voitures. On n'entendait plus que les hurlements de douleur des blessés. La jeune femme agenouillée devant l'officier lui tordait la main, tirait sur le doigt, où le superbe bijou restait attaché ; chaque mouvement qu'elle faisait, arrachait au blessé un cri de douleur.

Tout à coup, François dit la Paille, s'apercevant des efforts de Nanette, s'approcha, la poussa légèrement, et trancha d'un seul coup, le doigt de l'officier au dessus de la bague. Il tendit le doigt sanglant à la maîtresse de Jean-Pierre :

— Tiens, g..., dit-il, c'est un cadeau de François.

— Merci, fit Nanette.

Elle arracha la bague, jeta le doigt, essuya le bijou qui était rouge de sang. Et, tout en courant pour rejoindre les compagnons, elle l'essayait, le passait successivement à tous ses doigts, avec un sourire de satisfaction.

Le butin était inestimable.

LA COLÈRE DE BONAPARTE

Les brigands passèrent la nuit dans la forêt de chênes-lièges au dessus de la route de Saint-Maximin. Ils s'étaient réunis à la bastide de Lambruisse ; on ne pouvait songer, en effet, à descendre vers la bastide de Nicolas Micoreou à la rencontre des équipages de Bonaparte. Les hommes, épuisés, entassèrent le butin dans une salle, sous la garde de Trophime Joucques et se couchèrent dans le grenier à foin. Généralement, les objets volés étaient partagés aussitôt après l'expédition. Cette nouvelle attitude des bandits était une marque de confiance à l'égard de Jean-Pierre Pons. Il en était fier.

— Tu vois, disait-il à Nanette, ils m'obéissent, et ils m'aiment. Comme ils se sont bien battus...

Mais Nanette, au bord du lit, les jambes pendantes, n'écoutait pas. Elle se penchait auprès de la lampe à huile et faisait briller à son doigt, la bague de l'officier. Tout à coup, elle se retourna :

— Il y a d'autres bijoux, je les voudrais dit-elle.

— Il y aussi de belles dentelles d'Egypte, tu les auras, répondit Jean-Pierre.

— Je les veux tout de suite...

Le chef de brigands attira doucement son amie près de lui. Il lui promit tous les bijoux et aussi un admirable poignard ciselé que Ferry la Blache avait pris. Mais il fallait se reposer maintenant pour être prêt à fuir à l'aube, sans doute.

Nanette avait passé ses bras au cou de Jean-Pierre :

— Je les veux tout de suite, suppliait-elle.

LES BIJOUX DU GÉNÉRAL

Le paysan de Pourrières était sans volonté devant sa maîtresse. Il céda à son caprice malgré les conséquences qu'il pouvait avoir pour lui. Nanette s'enveloppa d'une couverture et prit la lampe à huile dont le bec à jour laissait tomber des gouttes. Trophime s'était endormi, affaissé sur un banc, le canon de son fusil émergeant au dessus de sa tête. Le butin entassé près de lui avait un volume important ; les caisses de linge surtout étaient encombrantes.

Nanette avait placé la lampe auprès d'elle ; elle s'était agenouillée et fouillait les paquets avec une ardeur de fièvre.

Les caisses dont les serrures étaient ouvertes contenaient des couverts d'argent, de la vaiselle de luxe, en argent, avec des salières en or. Dans un grand écrin ancien se trouvaient deux beaux pistolets que Nanette maniait avec dextérité.

Ses petites mains agitaient un coffret nacré ; elle essayait de l'ouvrir en l'appuyant sur ses seins et en tirant de toutes ses forces le couvercle. N'y parvenant pas, elle passa la lame d'un poignard dans la fente près de la serrure. La lame cassa. Elle recommença avec le tronçon du poignard et réussit enfin.

— Regarde, dit-elle vivement à Jean-Pierre.

Elle lui tendit le coffret. Sous la lumière tremblante de la mèche huileuse, des trésors incomparables apparaissaient. Les bijoux entassés luisaient pêle-mêle.

Nanette retira une à une les bagues, les bracelets, les chaînes, les pierreries admirables.

— Regarde, disait-elle, les doigts sur la bouche, le visage convulsé de passion, les joues ardentes...

Elle avait pris les bijoux dans ses deux mains et les pressait entre ses paumes puis les faisait sauter pour entendre leur tintement.

Nanette sentait sur sa nuque le souffle chaud de Jean-Pierre, qui, d'abord inquiet, honteux de lui même, s'était laissé gagner par l'instinct ardent de convoitise, par l'appêtit féroce de l'or qu'il tenait de ses hérédités de paysan.

Tout-à-coup, Nanette, qui avait levé les yeux pour regarder son amant, fit un vif mouvement des épaules en réprimant un cri. François la Paille était près de Jean-Pierre, les mains appuyées sur ses genoux, penché, le cou en avant.

— Tu estimes les bijoux, Nanette, fit-il ; ils sont de prix. Pechot l'Onguentier nous donna, le mois passé, quatre-vingts louis d'un coffret moins bien garni...

Mais Jean-Pierre, dégrisé par cette apparition, interpellait brutalement François :

— Tu nous épies, sorcier de malheur. La garde de ces effets m'appartient, retourne au chenil...

Une violente discusion s'engageait. Les deux hommes s'injuriaient si près l'un de l'autre que les injures semblaient éclabousser leurs visages.

Cependant, Nanette avait remis les bijoux dans le coffret ; elle gardait un bracelet orné de pierreries. Et, assise sur les talons, les coudes sur les cuisses, elle tenait à deux mains son menton en regardant les deux hommes d'un air impassible et curieux à la fois. Cette rivalité qu'inspirait les plus basses passions lui plaisait ; elle en jouissait. Elle regardait avec un intérêt nouveau le visage rouge de François, allumé, sous la toison des cheveux roux, d'un rayonnement furieux.

Trophime Joucques s'était réveillé au bruit de la querelle et, ahuri, ne parvenant pas à comprendre, il tendait son fusil dans une attitude grotesque de défense et de respect.

Cette scène avait duré très peu ; les deux hommes, au paroxysme de la fureur, allaient en venir aux mains lorsqu'un brouhaba se produisit dans la bastide. Une sentinelle laissée au bord du bois était accourue et avait donné l'alarme dans le grenier à foin.

Des cavaliers venaient d'arriver sur les lieux de la fusillade ; le gros des équipages rebroussait chemin sur la route de Saint-Maximin et allait sans doute fouiller les bois.

On s'était aperçu, assez tard, du retard des dernières voitures. C'est seulement, au sommet de la côte d'Aix qu'on avait constaté que les équipages étaient arrêtés. Bonaparte avait donné l'ordre d'aller aux informations.

L'estafette revint bientôt en annonçant que l'escorte avait été attaquée et qu'il y avait de nombreux blessés.

Lorsque le général arriva sur les lieux, il fut pris d'un accès de colère terrible. Son tempérament passionné, qui, plus tard, devait le livrer à des déchaînements de fureur, s'annonçait déjà. Pendant que les équipages indemnes se rangeaient le long de la route, sous la garde d'un fort détachement, il ordonnait que les bois soient visités.

— Brûlez les bastides, avait-il ordonné, et conduisez-moi tous les hommes que vous rencontrerez.

La petite armée campa. Les soldats, que ce contre-temps mettait en rage, se formèrent en colonnes de vingt hommes pour explorer les environs.

Jean-Pierre avait rapidement rassemblé ses hommes qui partirent, chargés du butin pour la bastide de Micoreou. On laissa les caisses de linge qui étaient trop lourdes. Comme la route de Saint-Maximin n'était pas gardée, les brigands tournèrent la petite armée et arrivèrent sans encombre à la bastide.

La descente dans la « cache » fut pénible. Les hommes se pressaient au bord du puits, voulaient descendre trop vite ; beaucoup de colis tombèrent au fond de l'eau.

Bientôt on signala un détachement qui arrivait sur la route. La maison était maintenant absolument déserte ; il ne restait personne ; elle semblait abandonnée. Nannette et son amant étaient descendus les derniers.

L'officier qui commandait le détachement n'eut pas de peine à s'apercevoir que la bastide avait donné asile à un groupe d'hommes. A la lueur de l'aube, on apercevait sur le sol, le piétinement des pas ; et dans les salles restait encore le souffle chaud, l'atmosphère indiscrète des lieux qu'on vient de quitter. Pendant qu'on explorait la bastide, un soldat trouva sur le sol, une sorte de coutelas qui fut reconnu aussitôt. Il provenait du pillage des équipages.

Mais Bonaparte venait d'ordonner l'occupation de la route jusqu'à Aix pour surveiller et questionner les passants. Il arrivait lui-même dans la direction de Saint-Maximin.

Il s'installa à la bastide Micoreou et, convaincu aussitôt d'occuper le quartier général des brigands, il fit ramener son armée sur ce point central.

NANETTE PRISONNIÈRE

La colère de Bonaparte ne désarmait pas. Il oubliait pour l'instant, la gravité des événements qui le ramenaient à Paris.

— Il importe que ces bandits soient châtiés, avait-il déclaré au colonel Dufaure, qui l'accompagnait. Les lois de la République sont trahies, le pays est en proie au brigandage ; le Directoire est impuissant, nos troupes ramèneront l'ordre et la sécurité parmi les citoyens. Les malfaiteurs qui tuèrent mes soldats seront pendus, ou le général Bonaparte en aura imposé à la vérité...

Les militaires avaient fouillé les bois autour de la bastide, battu les routes, exploré toutes les fermes, sans découvrir aucune trace. A n'en pas douter cependant, les brigands étaient venus dans la bastide de Micoreou, après l'attentat, puisqu'on y avait retrouvé un objet volé aux équipages. Tout, d'ailleurs, faisait supposer qu'ils s'y tenaient en quelque cache. L'aspect de la construction en forme de château, l'abandon de l'habitation, où l'on retrouvait partout les traces d'un récent passage, déterminèrent le général Bonaparte à une mesure audacieuse. Il fit apporter des fagots dans la grande salle de la bastide, on y mit le feu et on les couvrit de bois et de linges mouillés. Une atroce fumée emplit bientôt la bastide entière. Les issues avaient été soigneusement fermées.

Dans la caverne, les brigands s'étaient installés assez confortablement. Ils pouvaient séjourner longtemps dans la profonde excavation, suffisamment aérée par le courant d'air qui existait entre les deux issues.

Trophime Joucques, l'enfant gâté de la bande, qui prétendait avoir le don de sentir un militaire à deux cents pas, allait et venait du puits à la sortie dissimulée sous les buissons.

Tout-à-coup, comme il montait à nouveau vers la bastide, un épais nuage de fumée l'aveugla. Il descendit en hâte.

— Nous sommes découverts, s'écria-t-il, on nous enfume...

Les brigands accroupis devant les effets volés qu'ils avaient apportés, les dénombraient. Quelques-uns jouaient aux dés. Nanette dormait ; elle avait fait de ses mains un oreiller en se couchant sur le dos, son fusil près d'elle.

Le cri d'alarme de Trophime épouvanta la bande. Au même instant, une buée blanche, arrivait, affreusement âcre. Ce fut un sauve qui peut général. Le couloir qui descendait au vallon d'Ollières était étroit. Les hommes se pressaient dans le passage glissant.

— Réveille-toi, Nanette, suppliait Jean-Pierre, qui secouait sa maîtresse endormie.

La fumée rendait toute blanche l'atmosphère de la salle. Cependant, la jeune femme avait retrouvé le coffret nacré où étaient entassés les bijoux de Bonaparte. Elle prit un bracelet et une montre en or et s'engagea dans la descente.

Elle était la dernière ; elle avait exigé que Jean-Pierre passât avant elle.

*
* *

Soudain, à un tournant de l'étroit couloir, Nanette se sentit prise par derrière. C'était François-la-Paille, la figure barbouillée de noir, qui l'arrêtait.

— On a laissé Trophime là-haut, dit-il, il faut aller le secourir :

— Tu mens, Trophime est sorti le premier avec Laurent-la-Bouille.

— Il est là-haut, Nanette, si tu n'es plus une femme, tu viendras avec moi lui donner assistance, ainsi qu'il est dû à un chrétien.

Nanette appela Jean-Pierre, mais le chef des brigands avait disparu ; personne ne répondit :

— Viens, Nanette, menaçait François, les yeux ardents, serais-tu faible comme une pucelle ?

— Monte, répondit la jeune femme, hâte-toi ; nous le trainerons, car il aura déjà perdu les sens.

Mais la fumée avait cessé de descendre ; on respirait à l'aise. Dans la salle, une odeur forte de suie prenait à la gorge. Le nuage de fumée qui s'était formé sous la voûte se fondait lentement, laissant tomber de minces flocons noirs.

A la nouvelle que le feu était à la bastide, François-la-Paille, au lieu de descendre vers une issue qui pouvait être surveillée, avait eu le courage d'aller essayer de fermer l'ouverture par où venait la fumée. L'orifice du puits était proche de la caverne. Il réussit à l'atteindre et à pousser la mauvaise porte, qui grinça si fort sur ses gonds qu'on aurait pu l'entendre de la grande salle de la bastide.

Cela avait suffit pour arrêter le courant d'air qui entraînait la fumée dans la caverne.

— Traître, fit Nanette, en arrivant dans la salle vide. Trophime n'est point là...

François tenait à sa main une torche de résine. En voyant le mouvement qu'il faisait pour se placer à l'entrée du couloir, pour lui barrer la route, elle ajouta :

— C'est moi que tu voulais, mais tu ne m'auras pas...

— Je n'ai point menti, répondit François, je croyais que Trophime était resté ; j'avais mal vu dans la fumée. Est-ce qu'il est ton amant aussi celui-là ?

Il s'était avançait vers elle.

— Laisse-moi, suppliait-elle, j'étouffe, allons-nous en...

Mais François lui expliquait comment il avait fermé la vieille porte du puits :

— Un jour, disait-il, comme je descendais dans la caverne, Jean-Pierre me ferma cette porte devant le visage. C'est miracle que je ne me sois laissé choir au fond du puits. Je me suis souvenu de cette porte quand ta vie était en danger, Nanette...

La jeune femme suppliait le bandit de la laisser rejoindre ses compagnons. Elle était affreusement pâle, elle souffrait dans cette atmosphère ardente qui prenait à la gorge et qui torturait comme un commencement d'asphyxie. La figure de François, noire de fumée et gluante de sueur, lui faisait horreur.

Le brigand, cependant, continuait ses supplications ; sa prière monotone et passionnée s'exhalait en protestations d'amour et de souffrances contenues. Il s'était approché de la jolie maîtresse de Jean-Pierre dont les cheveux s'étaient dénoués et roulaient sur le front. Haletante, la poitrine oppressée, terrifiée par la sensation folle qu'elle était enterrée vivante, Nanette luttait désespérément contre François. L'image de Jean-Pierre ne lui était pas venue un seul instant. Certes, elle adorait son amant d'un amour violent et exclusif. Peut-être, en d'autres lieux, en d'autres circonstances, se serait-elle livrée. Mais ici, une répulsion invincible l'éloignait de François ; sa passion soulevait en elle un tel mouvement de dégoût que, dans son entêtement de paysanne, elle aurait préféré mourir que de céder (1).

Dans cette salle surchauffée, où des relents atroces de fumée donnaient des nausées, les protestations d'amour du bandit avaient quelque chose d'infiniment poignant et grotesque à la fois. Il avait abandonné la torche et il avait pris les deux mains de la jeune femme. Il l'attirait à lui. Soudain, Nanette eut une inspiration.

Elle se dégagea et courut dans le couloir qui conduisait à l'entrée du puits. Elle tâtonna un instant pour tourner le verrou qui fermait la porte. Puis, on entendit le grincement des gonds et la fumée brûlante jaillit.

Quand elle arriva dans la caverne, François s'était déjà engagé dans le couloir.

---

(1) La vertu de Nanette devint par la suite beaucoup plus facile. Voici, en effet, la réponse que fit à son sujet un brigand, Jean-Louis Roux, dit Titi, au juge Pissin-Barral :

D. — « Et cette Nanette Escartefigue n'était-elle pas aussi la maîtresse de plusieurs des bandes ?

R. — « Pardonnez-moi. Elle l'était tellement que quiconque voulait jouir d'elle en jouissait. Non seulement elle nous recevait à volonté toutes les fois que nous désirions, mais encore soit dans les bastides, soit dans les bois, elle venait nous chercher, nous agacer et nous provoquer. »

Copie de la procédure, op. cit. page 96.

— Passe devant, chienne, dit-il en la poussant brutalement'

— Mon fusil, je veux mon fusil, s'écria Nanette en rebroussant chemin.

Mais la fumée était si dense qu'il lui fallut descendre précipitamment.

*
* *

Cependant, les brigands avaient été aperçus dans la brouissaille à la sortie du défilé où débouchait le souterrain. Un détachement était parti à leur poursuite.

Pendant ce temps, des militaires fouillaient l'étroit passage pour trouver l'entrée de la caverne. François la Paille et Nanette vinrent se livrer d'eux-mêmes. On les prit dans les buissons d'où ils sortaient, avant qu'ils aient pu faire aucun geste de défense. Ils furent ligottés et poussés à coups de bottes et de crosses de fusil à une bastide voisine où se tenaient les officiers.

Un éclat de rire accueillit l'arrivée des deux brigands noirs de fumée. François était pittoresquement costumé, ainsi que nous l'avons dit, mais Nanette excita surtout la curiosité. Jamais semblable prise n'avait été faite par les soldats de la République.

— Passez cet homme et cette femme par les armes, ordonna Bonaparte, dont le front n'avait pas eu un pli...

LES BARBETS

Une Commission militaire fut cependant formée pour juger sommairement les deux brigands.

— J'ai nom François Mesmian, je suis du village du Cannet, déclara la Paille ; je suis réquisitionnaire à cause de cette femme. Je l'aimais, elle m'empêcha de partir à l'armée. Elle mérite la mort autant que moi, elle est la cause de tout le brigandage dans le pays...

François voulut ensuite prétendre qu'il n'avait jamais participé à aucune action criminelle, mais on l'emmena.

Ses déclarations avait ému Bonaparte. Cette femme qu'on lui avait dénoncée comme un chef de brigands était singulièrement intéressante...

Nanette était livide. La peur de mourir la paralysait. Dans le court instant où on l'avait laissée seule, ce n'était ni à Jean-Pierre ni à ses compagnons qu'elle avait pensé, mais à la maison de Pourrières, où elle travaillait tout enfant comme blanchisseuse, à tout ce quelle avait quitté dans la griserie d'un jour de passion.

En présence des officiers, elle se ressaisit. Elle releva insolemment la tête et ses yeux, où les larmes allaient briller, se firent durs.

Ses habits étaient en désordre. La veste de nankin baillait, une manche avait été en partie arrachée sous la brutalité des soldats. Ses mains, liées derrière le dos, ramenaient les épaules en arrière et faisaient jaillir la poitrine.

— Ton compagnon t'accuse d'être le chef des réquisitionnaires de ce pays, dit Bonaparte.

— Je ne suis qu'une femme, citoyen, je suis allé avec les fuyards pour les soigner quand ils sont blessés.

— Depuis combien de temps es-tu dans les bois ?

— Depuis l'an II, citoyen.

— Combien êtes-vous ?

— Je ne sais pas. Les fuyards vont par groupes. Il y en a partout. Dans le pays, il sont deux cents environ, dans l'Estérel il y en a encore, et sur la mer, près de Levens et Nice en Piémont, il y en a beaucoup encore.

— Levens et Nice sont à la République. Tu n'y es jamais allée ; tu me trompes sur le nombre des brigands tes compagnons. Je t'interpelle de ne point en imposer à la vérité.

— Je ne mens pas, citoyen. Il y a bien deux cents paysans fuyards ici ; et il y en a autant près de Nice, qui n'est plus à la République, car les Autrichiens l'occupent. Là-bas les fuyards sont connus sous le nom de Barbets. Il en vint quelques-uns au Luc récemment. Ils sont dévoués à la Sardaigne ; ils ont des chefs et un costume comme nous. J'ai su par l'un deux, nommé Martin, que vous vîntes à Nice l'an II.

Bonaparte, nommé général de brigade après la prise de Toulon, et attaché à l'armée d'Italie sous les ordres du général Drugear, était, en effet, venu à Nice à cette époque. Il avait été l'hôte pendant de longs mois du comte Laurenti, dans la rue de Villefranche ; et il avait entendu parler des Barbets.

C'était alors des bandes disciplinées qui harcelaient les armées en marche, rôdaient autour des camps, enlevaient les postes isolés et les convois.

Souvent, il avait eu à leur faire donner la chasse pendant la construction des ouvrages de défense qu'il organisait sur le littoral. Des batteries avaient été enlevées par eux presque sous ses yeux, à la pointe de Carras, à la pointe des Rascasses, aux rochers des deux Rups, en pleine rade de Villefranche. Chaque jour, on lui annonçait qu'une patrouille avait été surprise, un détachement attaqué, des équipages pillés par ces redoutables bandes.

Nanette se garda bien de lui dire que les Barbets étaient restés fort peu de temps organisés. Ce n'étaient plus maintenant que des groupes isolés qui pratiquaient le brigandage sur les grandes routes, pillant et assassinant sans pitié.

Bonaparte réfléchissait ; il n'écoutait plus la jeune femme qui protestait contre les accusations de banditisme portées contre les réquisitionnaires.

— Je te laisse la vie sauve, fit tout à coup le général. Tu vas retrouver tes compagons et tu leur diras ceci : « Bonaparte connait votre bravoure ; il est prêt à vous organiser sous ses ordres pour vous conduire à des expéditions où votre courage pourra se montrer et d'où vous rapporterez des richesses incalculables. Ici, vous êtes traqués par les militaires, fusillés ou pendus sans autre espoir que la honte qui rejaillit sur vos familles. Bonaparte vous offre la fortune et la gloire... »

— Citoyen général, répondit Nanette, la vie d'une femme est peu de chose, mais les fuyards auraient vengé ma mort. Votre générosité aura plus de poids auprès d'eux que les paroles que je pourrais leur dire. Je vous promets que dans deux jours nous serons à Nice pour délibérer sur votre proposition.

*
* *

Nanette était bien émue. Quand on délia ses poignets meurtris, elle aurait eu envie de sauter au cou du jeune général qui n'était guère plus grand qu'elle et qui lui plaisait fort avec sa figure sans barbe et son uniforme à parements brodés d'or. Il lui semblait qu'elle sortait d'un affreux cauchemar.

Comme elle traversait la cour, conduite par deux militaires, pour regagner la grande route, elle aperçut François la Paille au milieu d'un fort rassemblement. On avait attendu la fin de l'interrogatoire de Nanette pour l'exécuter. Mais Bonaparte avait confirmé la sentence.

La jeune femme s'était arrêtée. Les soldats poussaient François vers la bastide pour l'appuyer contre le mur. Dix hommes s'étaient mis en ligne, le fusil au poing, sous le commandement d'un officier qui se tenait déjà auprès d'eux l'épée nue.

Les yeux bandés, il avait la figure affreusement contractées, mais il ne proférait pas un mot.

La pluie s'était mise à tomber, les grosses gouttes venant d'un ciel épais d'orage, rabattaient la fumée qui s'élevait encore de la bastide. Le toit s'était effondré dans l'incendie ; les fenêtres apparaissaient rouges de lueurs de feu lorsque le vent attisait le bois enflammé.

Tout autour de la maison, les militaires se rassemblaient. On entendait le cliquetis bruyant des armes, les voix de commandement et la rumeur confuse des équipages qui se remettaient en marche.

François était arrivé au pied du mur. L'officier pressait les préparatifs.

Nanette s'était élancée.

— François, criait-elle, François. Ils vont te tuer, défends-toi.

Et avant que les soldats aient pu s'interposer, elle se jetait devant les fusils déjà levés pour l'exécution.

L'averse faisait rage, l'eau ruisselait dans la cour de la ferme. L'officier, furieux, faisait chasser la jeune femme lorsque Bonaparte sortit de la bastide ; il monta rapidement à cheval pour gagner la route.

En le voyant, Nanette courut à lui :

— Général, cria-t-elle, c'est mon amant, épargnez-le...

L'orage crevait ; les rafales aveuglaient les hommes.

— Il t'a trahi, il voulait ta mort, répondit Bonaparte. Il est jugé ; c'est trop tard...

Il poussa son cheval vers la barrière et disparut au tournant.

Au même instant, comme l'officier du peloton d'exécution levait son épée, le ciel s'ouvrit dans une formidable décharge électrique.

— Feu ! cria l'officier.

Sa voix s'était perdue dans l'épouvantable coup de tonnerre. Quelques hommes seulement tirèrent et François s'abattit sur le sol en poussant un long cri.

L'officier s'approchait du mur, le pistolet au poing. Il poussa du pied le brigand qui ne donnait plus signe de vie.

Mais Nanette s'était précipitée ; elle s'agenouilla devant François et l'appela en pleurant :

— Pardonne-moi, François, suppliait-elle, dans un accès poignant de douleur.

L'officier la prit par l'épaule pour l'écarter. Un usage de guerre stupide exigeait qu'il déchargeât son arme dans l'oreille du condamné. Comprenant, soudain, ce qu'il allait faire, Nanette, folle de rage, lui arracha violemment le pistolet. Le peloton se dirigeait vers la route, les échines pliées sous la tempête ; on n'entendait plus que le roulement lointain des derniers équipages.

La maîtresse de Jean-Pierre Pons s'était relevée d'un bond. Et braquant l'arme sur l'officier, en plein visage, elle tira à bout portant.

*
* *

Nanette gagna d'abord la pente du bois de Drujeon ; elle courait à perdre haleine, la tête penchée, haletante, sous la pluie qui lui cinglait le visage. Par un geste instinctif, elle tenait à deux mains les bords de sa large culotte comme on tient une jupe. Cette attitude gênait sa course.

Elle n'osait pas se retourner de peur de voir dans la brume que faisait la pluie un uniforme rouge et bleu de militaire. Parfois, il lui semblait entendre des pas précipités derrière elle ; puis, tout-à-coup, elle entendait des voix dans la forêt. Elle s'arrêtait ; sa poitrine ondulait puissamment ; et les yeux ardents, elle écoutait un instant, toute frémissante. Son corps, dans ses courts arrêts, fumait comme la robe d'un jeune cheval. Puis elle reprenait son élan ; elle gravissait la pente en s'accrochant aux broussailles et devant la descente elle partait d'une envolée, se laissant aller à son élan. Elle courait désespérement avec la sensation atroce d'être poursuivie, d'avoir des fusils braqués derrière elle.

Ses habits trempés l'embarrassaient, il lui semblait qu'elle avait sur les épaules une châsse de plomb.

Peu à peu, ses forces la trahissaient, des vertiges lui venaient ; ses yeux se fermaient par instants dans la sensation aiguë d'un éblouissement.

Quand elle arriva, après deux heures de course au pied de la rampe de Castagniers, elle s'affaissa sur le seuil d'une vieille bastide abandonnée. L'extraordinaire effort qu'elle venait de donner l'avait anéantie. Des brouillards flottaient devant ses yeux ; elle avait dans la bouche une âcre saveur d'amertume. Elle se traîna entre les murs écroulés, et elle tomba sur un paquet d'herbes mortes et de paille mouillée...

LE PARTAGE DU BUTIN

Les brigands s'étaient enfuis vers le sud. Longeant les contreforts du Mont Aurélien, ils avaient passés sous Saint-Maximin et ils avaient dû traverser la plaine entre Tourves et Rougiers pour gagner le bois de Brignoles. Ils se trouvaient à la nuit au roc de Candelon, position merveilleuse qui leur permettait de surveiller l'ancienne route royale sur un très long parcours. C'était un de leurs lieux de rendez-vous favoris ; ils ne comptaient y séjourner que peu d'instants, par crainte d'être dénoncés. Ils trouvèrent là une partie de la bande de Romanin : Archier, Marloi le Seire d'Auriol, Toussaint, Ricard, Maurin, François du Valat, Péchot, Joseph Gouiran, Cadarache, Jean de la Cadette, Félix Ailhaud de Varages, etc.

Cette bande venait d'accomplir un exploit au bois de l'Estérel. Elle avait arrêté un ambassadeur d'Espagne qui se rendait à Nice et lui avait pris une somme considérable en quadruples et autres pièces d'or, monnaie d'Espagne (1). L'équipage était gardé par un détachement de militaires ; il avait fallu faire le coup de feu. Aux premières détonations les soldats s'étaient enfuis. L'un d'eux avait été tué. Les cochers et les laquais demandaient grâce : on les assomma à coups de fusil. L'ambassadeur, hydropique et livide, égrénait un rosaire. Péchot, qui ouvrait la portière pour interpeller le voyageur, se signa en voyant le rosaire, car il était pieux.

— Que la vierge te damne ! blasphéma-t-il.

(1) Cf. Copie de la Procédure, op. cit., pages 20 et suivantes.

On fouilla la calèche. La valise contenait quelques lettres scellées de rubans blanc et jaune, dans la cire noire. Elles étaient écrites en espagnol, les brigands les dédaignèrent. Ils firent main basse sur un énorme sac de quatruples qui représentait à lui seul une fortune.

Par manière d'outrage, on avait forcé l'ambassadeur à sortir de la voiture, et on l'avait laissé nu, au soleil sur la grande route. La calèche avait été conduite à l'entrée du bois et Romanin avait pris les quatre chevaux qui pouvaient être d'un grand secours pour les expéditions futures.

Les bandits étaient occupés à compter la monnaie d'Espagne, seul butin de l'expédition. Ils roulaient entre leurs doigts ignorants de paysans ces pièces étrangères dont il ne concevaient point la valeur. Dépités, furieux contre eux-mêmes et contre la mauvaise fortune, ils se demandaient avec anxiété de quelle façon ils pourraient négocier cette monnaie inconnue, dont nul ne voudrait en ces temps de troubles. Quelques-uns s'en prenaient déjà violemment à leur chef, Romanin, qui avait laissé passer, pendant qu'ils étaient en embuscade, le marchand Mage, de Nice. On aurait trouvé dans ses effets, de la fine dentelle de Marseille, du drap d'Italie, des mouchoirs, du linge, toutes marchandises facilement négociables. Il l'avait échappé belle, le maître drapier de Nice !

La bande de Jean-Pierre Pons était exténuée, mais la vue de l'or dont les brigands de Romanin faisaient étalage, sembla les ranimer. Tout en racontant à leurs amis l'expédition contre le général Bonaparte, les compagons de Jean-Pierre avaient réuni en un tas ce qu'ils avaient pu emporter du butin de cette affaire. Aucun d'eux ne soufflait mot de Nanette et de François. Par lâcheté, ils évitaient de regarder Jean-Pierre. Lorsqu'ils s'étaient aperçus, à la première halte, de l'absence des deux camarades, les fuyards avaient aussitôt rebroussé chemin, sans oser appeler, cependant. Mais la vue d'un groupe de militaires arrivant au pas de course, les avait de nouveau lancés dans la forêt.

Ils avaient échappé par miracle aux détachements qui battaient les broussailles autour de la bastide de Micoreou.

Leurs traces avaient été bientôt découvertes et les militaires s'étaient élancés à leur poursuite, tirant maladroitement hors de portée de fusil et les tenant toujours ainsi en haleine.

Les réquisitionnaires ne craignaient rien dans la forêt dont ils connaissaient à fond tous les secrets. Mais les soldats qui leur donnaient la chasse étaient si nombreux qu'ils se trouvaient réduits à fuir, les ruses étant impuissantes devant un pareil déploiement de force.

Après deux heures de cette retraite précipitée, comme ils se reposaient au Défond, sur les hauteurs qui dominent le cours supérieur du Camary, Trophime Joucques déclara que l'endroit était sûr et qu'il allait rester là pour attendre Nanette.

— François la Paille sait qu'il nous trouvera au Roc de Candelon, dit-il, il viendra dans cette direction, mais il est bon qu'il trouve ici quelqu'un.

Jean-Pierre n'avait cessé d'injurier François et sa maîtresse, en marchant. Il se retournait à chaque instant, et les poings serrés, pestait contre les retardataires. Sa colère devenait parfois terrible ; personne n'osait lui parler.

A la proposition de Trophime il répondit en disant que la situation de Nanette le regardait seul. Quand à François, c'était un homme, il pouvait se tirer d'affaire sans le secours de Trophime.

La rage de Jean-Pierre éclaboussait maintenant tout le monde. Mais les brigands, irrités par l'insuccès final de l'expédition et les dangers qu'ils venaient de traverser, commençaient à riposter insolemment.

— On n'a que faire d'une femme dans les bois, disaient-ils. Nanette est partie avec François, nul n'en peut médire.

Le jeune paysan sentait lui échapper cette autorité qu'il avait eu tant de peine à conquérir. Il se ressaisit vivement :

— Qui parle de cette g... ? s'exclama-t-il.

Et s'approchant du butin entassé, il procéda rapidement à sa distribution. Les effets consistaient en linge, chemises, mouchoirs, couverts d'argent, salières, cafetières et chandeliers d'argent, trois paires de pistolets un beau sabre, une montre à répétition, une pendule de prix, une somme en or monnayé.

La pendule échut à Buisson et Riccard de Trest, en commun, Marcel eut deux pistolets, Terry la Blache eut la montre à répétition, Brunet de Saint-Just eût un pistolet, Joseph Goin reçut plusieurs pièces de vaisselle en argent.

Après le partage, chacun des brigands donna à Jean-Pierre Pons et à Romanin, 12 francs, ce qui leur faisait huit louis.

Mais Jean-Pierre pressait les hommes. Romanin était d'accord avec lui pour venir sus aux soldats de Bonaparte. disséminés sur les routes et dans les bois. Ils étaient quarante environ, et pouvaient faire de bonne besogne.

Sur la proposition de Trophime, qui avait reçu les chandeliers d'argent, on alla déposer le butin en lieu sûr.

Tous les objets d'un certain poids et la lourde monnaie d'Espagne .urent portés à la bastide de Saint-Julien le Vieux. Les effets furent cachés à 25 toises de distance environ de la bastide et à 15 toises au dessous de la muraille du jardin. Ils furent placés dans une urne en grès, couverte d'une peau de veau. L'urne fut ensuite enfouie dans un trou que l'on fit avec beaucoup de peine par le moyen d'un levier de fer, dans la rocaille tendre, vulgairement appelée safre, à une profondeur d'environ 60 centimèt.es (ou 2 pieds). Trophime recouvrit l'urne avec une pierre plate et mit par-dessus de la terre et des cailloux (1).

*
* *

Un détachement de militaires remontait vers Tourves pour rejoindre la petite armée de Bonaparte. Les brigands résolurent d'enlever la patrouille forte de 10 hommes qui se trouvait à l'arrière. Il s'agissait surtout de prendre leurs munitions en poudre et en balles.

Ils partirent en deux colonnes, Buisson et Ricard de Trest, mécontents de la part qui leur avait été faite dans le partage, marchaient à l'écart avec Trophime Joucques. Le jeune homme n'avait guère à se louer, lui aussi, de la justice de Jean-Pierre. Mais, d'humeur égale, et absolument désintéressé, il plaisantait

(1) Op. cit., pages 21 et 22, 97 et 98.

ses chandeliers d'argent, récompense ridicule pour les beaux coups de feu qu'il avait tirés.

Peu à peu, les trois hommes s'étaient séparés de la colonne.

— Il fait ici une soif de républicain, dit Buisson, qui proposa de s'arrêter à la première bastide.

C'est la maison de l'Hermitan qu'ils rencontrèrent. Le ménager, Pierre Revest était en train de dîner en compagnie de Louis Revest, son fils, Marguerite, sa belle-fille et Marianne, âgée de dix-huit ans, fille de Jacques Revest, domestique chez Pierre.

Ricard de Trest, a fait, des scènes qui se produisirent alors un récit émouvant au juge Pissin Barral, avant d'avouer qu'il en avait été le principal auteur.

« Quand ils arrivèrent à la bastide dite l'Hermitan, raconte-t-il, les individus mirent leurs stylets sur la table, piqués par la pointe et s'assirent pour manger sans faire connaître leurs intentions. A leur costume et surtout à la plaque de cuivre qu'ils portaient sur la poitrine, les assistants avaient reconnu qu'ils étaient en présence des réquisitionnaires, dits fuyards et ils tremblaient de peur.

« Ces individus mangèrent et burent en quantité; ils tenaient des propos courtois aux hommes et galants aux femmes :

— Nous ne vous ferons pas de mal, déclaraient-ils.

« Mais, tout-à-coup, l'un d'eux, qui a nom Buisson et qui est reconnaissable à la barbe qui lui couvre la figure jusqu'aux yeux, se leva et, prenant un stylet aux dents, cria :

— Donne-nous cinquante louis, si tu tiens à la vie, rustaud !

« Il parlait à Pierre Revest, qui, plus blanc que farine, promit de donner tout son avoir. Les deux autres brigands avaient pris leur fusil. Le ménager tira d'un coffret à pain vingt-et-un francs qu'il donna audit Buisson, en disant :

— C'est le prix de six moutons que feu ma femme éleva le printemps dernier. Je n'ai pas un liard sonnant en plus.

« Non content, ledit Buisson pressa avec son stylet le vieux ménage qui monta dans les chambres où il ouvrit tous les tiroirs. Quand il hésitait à forcer une porte, le fuyard le piquait de son fer.

« Pendant ce temps, les deux autres, qui avaient lié par tout le corps Louis Revest, se livraient au pillage de la bastide.

« L'un d'eux avait poussé par force Marianne Revest, qui était pucelle, dans la chambre attenante à la cuisine où se trouvaient la paille et le fourrage. Il se jeta sur elle pour l'outrager ; mais la fille, forte et résolue, se débattait si bien qu'il n'en put venir à bout. Il lui arracha alors la croix d'or qu'elle portait à son cou et lui donna six coups de couteau sur les épaules. La demoiselle avait la poitrine transpercée.

« Sur ces entrefaites, Pierre Revest s'étant esquivé par la porte de l'écurie pour s'enfuir, les trois voleurs le poursuivirent et l'assassinèrent à coups de crosses de fusil. Aussitôt, ils rentrèrent dans ladite bastide et montrant les morceaux d'un fusil cassé et un autre aussi cassé, ils dirent à Louis Revest, fils de Pierre :

— Tiens, voilà les fusils qui viennent de tuer ton père ; donne-nous une attache pour lier celui qui peut servir pour t'en faire autant à toi, si tu ne nous indiques pas les cinquante louis qui sont cachés.

« Ils forcèrent Marguerite, femme dudit Louis, à leur donner une cordette avec laquelle ils lièrent les fusils cassés. Louis Revest protestait qu'il n'y avait point d'argent caché, mais les brigands le tuèrent d'un coup de stylet. Puis, ils attachèrent sa femme vive et nue, sans lui faire aucun mal, au cadavre de son mari.

« L'un deux, le plus jeune qui a nom Trophime Joucques et qui est détenu à la prison de Draguignan, viola Marianne. Et cette action aurait révolté tout cœur pitoyable, car la jeune fille n'était point morte et il paraît qu'elle trépassa à ce moment.

« Les assassins, en se retirant, emportèrent, outre les morceaux des fusils, le clavier d'argent de la femme de Louis Revest, qu'ils avaient trouvé dans la chambre, sa bague nuptiale et sa croix d'or qu'on lui arracha du cou... » (1)

(1) Op. cit., pages 128 et 129

LA RÉPUBLIQUE

La colonne de Romanin descendait rapidement sur La Colle, tandis que les hommes de Jean-Pierre Pons dévalaient les plans au-dessous de la madone de la Loube. Ils suivaient péniblement la marche des militaires sur la route, guettant l'occasion de les attaquer.

Bientôt, Romanin fit prévenir Jean-Pierre qu'il se proposait d'occuper le pont sur le Caramy. Lorsque le gros du détachement aurait tourné le pont, il s'élancerait avec ses hommes pour couper la route à la patrouille qu'on voulait prendre. La manœuvre était habile et audacieuse; elle plut au jeune paysan de Pourrière. Il répondit qu'il disposerait des hommes pour surveiller la route et qu'il attaquerait par derrière aux premiers coups de feu. Les militaires, pris ainsi entre deux feux, se rendraient peut-être.

Jean-Pierre venait d'indiquer aux bandits le mouvement à exécuter à angle droit pour descendre sur le Caramy, lorsque « Pigouin », le chien roux de Marcel d'Auriol, arriva haletant et furieux. Il sautait au cou des hommes, mordait les basques des habits et les chaussures. Les chiens qui suivaient les brigands n'aboyaient jamais. Mais ils étaient admirablement dressés pour le dur service de la forêt. Pigouin était une fort belle bête à poil roux, long et frisé, à laquelle il eut était difficile de reconnaître une race. Ses gros yeux humides étaient féroces et humbles. Il connaissait tous les brigands de Jean-Pierre; il fuyait avec terreur quand il apercevait un militaire et on le vit maintes fois se jeter à la gorge des ménagers que les brigands houspillaient. Parmi les chiens qui accompagnaient la bande, c'était le plus hardi et le plus aimé. Mais il avait une prédilection particulière pour Nanette Escartefigue, qui le dressait à des exercices de souplesse et lui faisait durant les haltes, dans la solitude des nuits, de longues exhortations, qu'il écoutait avec un air repentant.

Jean-Pierre siffla Pigouin qui, à ce signal, partit dans la direction de l'Ouest et revint en indiquant la piste qu'il suivait. Marcel d'Auriol et Jean-Pierre gravirent les terrasses à la suite du chien. Le fusil au bras, les deux brigands sûrs du flair de Pigouin, qui devenait de plus en plus pressant à mesure qu'on avançait, s'attendaient à tomber sur quelque patrouille de militaires égarés. Derrière, Jean Ferréol, Isnard et Liautaud suivaient.

Tout à coup, le chien s'arrêta devant une bastide en ruines et se coucha sur le sol. Jean-Pierre entra le premier. Nanette était assise sur les herbes sèches, où elle était tombée d'épuisement après la folle course de la bastide de Micoreou.

Son amant jeta son fusil et s'élança. Mais Marcel d'Auriol, qui entrait, saluait bruyamment la jeune femme :

— Où est le loup, Nanette ? criait-il, et qu'as-tu fait de François ? Comme tu es blanche ! La Paille ne déteint donc pas...

A grandes emjambées, les brigands joyeux à la fois d'avoir retrouvé Nanette que tous affectionnaient et confus en même temps de la course faite, descendaient vers le point de ralliement dans la vallée.

Jean-Pierre qui avait lâché son fusil sous l'émotion qui l'avait pris à la gorge, était resté un instant interdit. Nanette s'était levée d'un bond, vers lui. Mais, les plaisanteries de Marcel d'Auriol étaient tombées avec une telle cruauté que les deux amants se regardaient, — également pâles, — n'osant parler.

— François est mort, fit soudain la jeune femme. Les soldats l'ont fusillé, mais j'ai tué l'officier qui les a commandés.

— Mais toi, Nanette ?

— Ils m'ont épargnée parce que je suis une femme...

Jean-Pierre, appuyé à la muraille, écoutait sa maîtresse qui lui racontait maintenant comment elle était restée dans la caverne et comment les militaires l'avaient prise.

Nanette, très blanche et d'une faiblesse extrême, se penchait vers son amant. Soudain, Jean-Pierre la prit violemment par les épaules :

— Nanette, pourquoi es-tu restée avec François la Paille? demanda-t-il.

Il la pressait de questions et secouait la tête avec incrédulité à ses réponses.

Epuisée, la jeune femme s'était assise sur les herbes, la tête dans ses mains, dans cette attitude de méditation qui lui était chère. Elle avait longuement dormi pendant la nuit ; mais elle sentait aux jambes de douloureuses lassitudes ; ses muscles lui semblaient raidis et le jeûne prolongé l'anéantissait. La sueur perlait parfois à son front :

— Sois bon, suppliait-elle, j'ai faim, je suis lasse, c'est miracle de Notre-Dame que je ne sois pas morte.

Elle prit entre ses mains une médaille d'argent de la Vierge, la baisa et la montrant à son amant :

— C'est ceci qui m'a préservée, Jean-Pierre, Je jure sur cette image que je reçus de ma mère que je t'ai dit la vérité.

Elle se faisait douce et caressante. Son extrême lassitude physique lui enlevait tout orgueil et toute volonté. Elle s'excusait auprès du chef des brigands d'avoir souffert de s'être arrêtée dans cette ruine. En réalité, elle éprouvait une joie immense à retrouver Jean-Pierre. L'effort qu'elle avait accompli avait été au-dessus de ses forces de femme. Elle était brisée et elle s'attachait au jeune paysan comme à l'appui nécessaire ; elle se soumettait à lui avec une humilité de servante.

Sa voix, ses supplications, ses mains implorantes, son attitude vaincue enveloppaient Jean-Pierre d'une caresse ardente et chaude qui le pénétrait, le gagnait tout entier.

Il s'était assis auprès d'elle, et lui avait pris les mains. Il aurait voulu être bon, être tendre, mais il n'y réussissait pas ; il se taisait, maladroit et troublé.

Nanette abandonnait, sur l'épaule de son amant, ses bras, qu'elle avait nus, car elle avait enlevé sa veste de nankin. Elle lui contait, maintenant, soudain très grave, sa comparution devant le général Bonaparte. Elle répétait avec une étonnante sûreté de mémoire les propos du général. Jean-Pierre hochait la tête.

— Servir la République, murmurait-il... se parlant à lui-même, qui est-ce la République ?

La jeune femme le regarda avec étonnement :

— Jean-Pierre, qu'est-ce que la République ? demanda-t-elle.

La clairière était admirablement calme. Un long frisson révélait parfois l'âme des chênes-lièges. Et les pensées simples et rustaudes de ces deux paysans hardis avaient dans ce cadre silencieux une merveilleuse vérité d'adaptation.

— La République, essayait lentement Jean-Pierre, c'est l'Etat de ceux qui sont libres. Mon oncle Moutte, qui fut prêtre, m'en apprit la véritable signification ; je l'ai oubliée. Les républicains se reconnaissent à leur langage qui est grossier et à leur coiffure. Les rétrogrades se coiffent à la tête de chien. Les républicains ont du courage ; ils tuent leurs adversaires par le moyen d'un supplice appelé guillotine. Ils n'ont pas peur du sang, comme nous, et nous serions des républicains si nous acceptions la conscription. Les fuyards veulent être tout à fait libres ; ce sont les vrais citoyens. Je n'irai pas à l'armée, Nanette, parce qu'on y est esclave comme les bêtes des ménagers. Il est agréable de tuer, mais seulement lorsqu'on le fait pour soi et non par ordre. Les militaires n'ont point de patrie, point de famille, point d'amour, ils n'ont que leur fusil.

— Qu'est-ce que la Patrie ? demanda Nanette.

— Je ne sais pas, répondit Jean-Pierre. Mon oncle Moutte, dont la science était profonde, l'ignorait, il ne me l'enseigna point. Cependant, les républicains le savent. Mais ils ne sont pas d'accord. Ils disent que la Patrie est le pays qui s'arrête au Var, selon les uns, à l'Argentina en Ligurie, selon les autres. Mais les habitants des territoires entre ces deux limites ne savent de quel pays il s'agit. Pour beaucoup c'est le Piémont ou la Savoie, pour d'autres c'est la France. Pour nous, Nanette, la Patrie ce sont les bois, c'est ce pays où nous nous battons, où nous sommes traqués comme sangliers et loups. Joseph Castellan, qui s'est enrôlé à Levens, parmi les Barbets, a dit à Romanin que les Autrichiens ont occupé tout le pays, là-bas. Les Barbets les tuent ; ils ne font plus la guerre aux Français, ce sont de bons patriotes, pourtant, ils ne sont pas républicains...

Jean-Pierre hésitait, cherchait des mots. Soudain, il éclata :

— Vois-tu, Nanette, il ne faut point parler de la République et de la Patrie. Mon oncle Moutte, quand il parlait du roi Henri IV et de la Révolution, disait qu'il voyait devant lui des moissons mûres, des maisons pleines de vie, des femmes allaitant leurs enfants et toutes choses ainsi que sur des peintures ; et que, mêmement, il entendait de douces harmonies et éprouvait comme un pressentiment de grandes felicités possibles, mais qu'il ne pouvait le dire pour ne point ternir la beauté de sa vision.

Nous ne sommes point dignes de cet âge meilleur, nous sommes plus corrompus que les aristocrates, plus insolents que les militaires. Aucun de nous ne voudra des richesses et de la gloire que nous offre Bonaparte ; cela ne vaut pas la liberté de la forêt. »

Nanette mordait son point fermé en écoutant avec ravissement Jean-Pierre. Celui-ci avait mis un bras autour du cou de la jolie paysanne et il entrecoupait ses phrases d'appelations amoureuses. Il s'était attendri en s'écoutant parler lui-même ; sa passion qui se réveillait lui donnait des intonations émues. Peu à peu, son souffle se faisait plus chaud sur la joue de Nanette, où il plaçait parfois un baiser.

Soudain, un coup de feu retentit, et aussitôt on entendit le crépitement d'une fusillade. Jean-Pierre avait bondi, il prit son fusil et d'un élan se précipitait dehors, lorsque Nanette se jeta au devant de lui.

— N'y va pas !... suppliait-elle.

Le bandit la repoussa violemment.

— N'y va pas, conjurait la jeune femme, qui se suspendait à l'épaule de son amant. J'ai peur, reste..,

La fusillade continuait ; les détonations éclataient si près qu'on entendait la rumeur vague des appels et des cris.

— Reste, priait Nanette, affreusement pâle, je souffre...

Mais le chef des brigands, par instinct de lutte, s'élançait. Toute sa passion tombait, s'évanouissait devant cet appel qui venait de la vallée.

— Jean-Pierre, fit, enfin, la jeune femme, la voix haletante de sanglots, en s'accrochant désespéremment à son amant, Jean-Pierre, aie pitié de moi je suis enceinte...

Elle lui disait comment elle avait compris, cette nuit, après la terrible journée de la bastide de Micoreou, qu'elle portait un enfant dans son sein.

— Je suis enceinte, répétait-elle ; c'est ton fils ; je n'ai plus de forces, je ne suis qu'une femme, reste Jean-Pierre...

Mais le jeune paysan, d'un dernier effort, s'était débarrassé de l'étreinte de sa maîtresse qui tomba sur le sol. D'un bond, il sauta un pan de vieux mur et disparut dans la forêt.

LE SUPPLICE DE CONTIN

L'engagement fut particulièrement meurtrier. Les brigands s'étaient élancés trop tôt, ils furent écrasés par le nombre. Romanin fut tué d'une balle en pleine poitrine et ses compagnons abandonnèrent son cadavre, que les militaires pendirent à un olivier.

Les brigands de Romanin se joignirent à ceux de Jean-Pierre, et le même soir, au Roc de Candelon, ils demandèrent à rester avec eux. Ils avaient de la poudre et un riche butin. Leur proposition fut acceptée. La situation était fort critique. Les militaires envahissaient le pays. De tous côtés des armées surgissaient. Le général Guillot descendait de Digne avec la mission spéciale de châtier les réquisitionnaires. D'autre part, l'évacuation de Nice, par les troupes républicaines venait d'augmenter encore le danger. L'Estérel était inabordable. Traqués partout, épuisés par une lutte incessante, par les escarmouches de toutes les heures, les bandits finissaient par se concentrer vers les Maures, véritable forteresse pour cette guerre de guerrillas. Mais les paysans qui accueillaient les bandits avec une sympathie mêlée de terreur, étaient à bout de ressources. Les bastides pillées étaient abandonnées, et, à leur tour, les ménagers partaient, s'exilant vers des terres plus sûres.

C'est alors que Nanette Escartefigue et Jean-Pierre Pons, préoccupés des propositions de Bonaparte, conçurent le projet d'une émigration dans le Comté de Nice. Une alliance avec les Barbets pouvait seule sauver les bandes désorganisées des réquisitionnaires. Mais il fallait forcer ou tromper les lignes françaises du Var. Et, d'autre part, une entente préliminaire s'imposait pour connaître l'organisation de ces farouches bandes des Barbets, anciennes milices locales dévouées au Piémont, qui tenaient la campagne depuis tantôt huit ans et qui résistaient à tout.

Cependant, la bande se trouvait de façon désespérée dans la montagne. Jean-Pierre et les siens tenaient la forêt au-dessous de Collorières, surveillant la route de Carnoules au Luc, tandis que deux bandes beaucoup plus puissantes se cachaient au Plan-de-la-Tour, surveillant les passages de la côte.

Pour avoir des renseignements sur les Barbets, Jean-Pierre avait enrôlé parmi ses brigands Martin qui, fait prisonnier par les Français à Levens, s'était échappé. Il avait gagné les bois, au-delà du Var, plutôt que de revenir parmi les anciens miliciens piémontais, qui pouvaient l'accuser de n'avoir obtenu la vie sauve qu'en livrant leurs lieux de rendez-vous et les noms des chefs.

Nanette aimait particulièrement à s'entretenir avec Martin. C'était un admirable athlète, aux épaules puisamment charnues, petit de taille et qui avait des yeux d'une douceur extrême. Il chantait divinement. Un soir, comme la bande campait au bord du Real d'Or, un ruisseau profond, où le porphyre, sous les feuilles de chênes-lièges, prend au soleil d'éclatants reflets dorés, Nanette invita Martin à chanter.

La plaine de Gonfaron se voilait d'ombres flottantes, comme des mousselines roses au vent. Les hommes, couchés sur le dos, avaient marché tout le jour, depuis Pierrefeu, que les militaires venaient d'occuper, jusqu'à la Sauvette, où ils n'avaient trouvé à manger que du pain noir, des œufs et de l'huile.

— Chante, priait Nanette.

Mais Martin se défendait avec contrainte.

— La musique me rend triste, disait-il. Quand je chante, c'est mon cœur qui s'en va ; et ma tête se fond, ma poitrine se gonfle. Je suis comme une femme. Puis, j'ai besoin de m'enivrer. »

L'attendrissement de ce bandit qui avait, dans les engagements, une cruauté de boucher, était quelque chose de sincère et de touchant.

— Quand je chante, insistait-il, il me semble que je suis tout-à-fait libre. Une jouissance nouvelle s'éveille en moi, comme lorsqu'on voit quelque chose de très beau. Ma pensée fuit, s'évapore, un vide se fait comme lorsqu'un parent aimé meurt dans une maison. Quand je chante, tout est beau, tout est bon autour de moi. La première fois que j'ai compris le chant, c'était à l'église de Notre-Dame de Colomars. J'étais servant à l'office. Une lueur descendait droite et raide des vitraux. Il y avait de l'encens dans l'air ; la chapelle dormait. Tout-à-coup, une sorte de vieux clavecin commença à geindre au fond du chœur. C'était doux et lent comme une plainte. Les rayons rouges et bleus des vitraux tremblaient ; on aurait dit que c'étaient eux qui vibraient. Jamais, jusqu'au jour où je connus l'amour, je n'avais entendu, au fond de moi tant d'harmonie. Je pleurais et le vieux prêtre s'était agenouillé pour attendre la fin du cantique, qui tombait comme une rosée merveilleuse du ciel.

Maintenant, je suis fuyard ; j'ai tué des prêtres et des militaires, mais je suis resté comme blessé par ce souvenir ; la musique me rend plus faible qu'un enfant. Et le son lointain des cloches, le soir, suffit pour me rendre lâche... »

Il s'était enfin décidé à chanter. Sa voix s'alanguissait, douloureuse et monotone, en une complainte, qu'il psalmodiait en langue nizzarde. Le vers se terminait sur un son traînant qui durait comme un soupir, comme un appel. Les hommes, immobiles, écoutaient, hochant la tête avec satisfaction. Et bientôt, ils reprenaient en chœur la plainte finale, qui s'en allait ainsi, démesurément grossie, par la vallée, comme un cri de douleur.

Martin, le feu aux joues, s'animait ; il scandait les mots, et quand, il arrivait au leit-motiv qui terminait le vers, il reprenait rapidement haleine. On entendait sa voix claire, d'une mélancolie déchirante, qui dominait le sourd bourdonnement du chœur.

Les brigands s'étaient groupés autour de Martin. On avait d'abord demandé la traduction de la complainte, puis on l'interrogeait sur son pays et sur les barbets. Il répondait volontiers, mais il parlait difficilement. Cependant, comme Nanette, disait qu'elle aimerait aller, là bas, pour connaître les Barbets et s'unir à eux, Martin fit un geste d'épouvante.

— « Les Barbets sont gens de poteau et de corde qui souffrent plus que Satan en enfer quand il sont pris. Je vais vous rapporter un fait qui contient la vie et la fin du plus grand brigand que le comté ait eu dans le règne des Barbets. Cet homme se nommait Contin, natif de Drap. Il avait avec lui une bande bien constituée ; tous les jours quelqu'un des siens tuait un républicain. Il se battait, disait-il, pour la religion et pour le roi.

« La troupe n'a jamais pu parvenir à l'arrêter ; le général Garnier, commandant la place de Nice, fit faire la proposition que, s'il voulait quitter la vie qu'il menait et se soumettre au gouvernement français, il le faisait nommer colonel d'un régiment. Contin se laissa gagner aux belles promesses du général et accepta la proposition.

« Un jour que ledit général se promenait sur le Cours avec divers officiers, Contin se présenta à lui et s'annonça d'une manière hardie par son nom. Le général quitta de suite la société et s'accompagna avec lui à son logement. Ils eurent ensemble une conférence de 2 à 3 heures ; le général termina par le faire conduire à la prison du Sénat, toujours en lui assurant la place de colonel, mais qu'auparavant il fallait qu'il découvrît tous ceux de sa bande et qu'ils fussent arrêtés.

« Contin fit des révélations ; il a été la cause que plus de 150 personnes ont été fusillées ; dans le nombre de ceux qu'il avait dénoncés, était un prêtre nommé Dom Blanqui, natif de Peglia, qui a subi 4 heures de poteau et 5 ans de fers (1).

« Le malheureux chef de brigands ne tarda pas à connaître que le général l'avait trompé. Il établit une ruse pour se tirer des

(1) Toselli affirme, sans produire aucun argument, « qu'il a été prouvé que Don Blanqui avait été puni injustement. » Et Buoniffacci, le délicieux abbé qui écrivait un journal plein de haine et d'humour dans la retraite où il se cachait, écrit : « Il prete Blanchi, piuttosto per esser realista e prete che per vero delitto, è stato condannato a 5 anni di ferro. Esposto al « poteau », attirassi la commiserazione del buon popolo e ricevette un assai distinta elemosina. »

prisons, de la manière qui suit : Un jour il fit appeler dom Fianson pour se confesser. Au moment où ce prêtre était assis avec un mouchoir devant les yeux, appuyant sa tête sur son bras droit, attendant que Contin se mit à genoux du côté gauche (je vous observe qu'il était libre dans sa prison) ; dans ce moment, par la permission de la Vierge, entra le geôlier, qui trouva Contin avec le bras levé, un poignard à la main, pour assassiner le prêtre. Le geôlier lui sauta dessus et fit tant de bruit que tous les garçons de la prison montèrent, et, réunis dans la chambre de Contin, le désarmèrent et lui mirent la chaîne aux bras et aux pieds.

Quand on lui demanda pourquoi il voulait assassiner le prêtre, il répondit que le général lui avait joué un mauvais tour, que pour se tirer de ses mains, il avait projeté de tuer le prêtre, de s'habiller de ses habits, de se couvrir de son manteau, et par ce moyen de se délivrer de la prison.

Nul mortel au monde ne peut se faire une idée des souffrances que cet homme a essuyées dans la prison après cette affaire. Un jour il tenta de nouveau sa liberté ; par adresse et on ne sait comment, il était parvenu à briser ses chaînes. Au moment où le geôlier entra dans la prison, il lui jeta sur la figure une poignée de sable pour lui ôter la vue, et en même temps il s'élance sur lui pour s'emparer de ses clefs. Le geôlier, fort comme un hercule, sans porter ses mains à ses yeux, se jeta sur son adversaire, le serra si fortement dans ses bras que, malgré les grands efforts de Contin pour s'en débarrasser, il le terrassa complètement. Cette lutte occasionna un grand bruit, qui fit accourir tous les garçons de la prison ; ils séparèrent les deux lutteurs et Contin fut jeté dans une plus étroite et humide prison, enchaîné par le cou, les bras et les pieds liés de manière à le tenir toujours debout ; il était obligé, ce malheureux, de faire ses nécessités dans les culottes (sic) ! Il est resté dans cette triste position pendant six mois, sans compter que tous les matins et tous les soirs le vindicatif geôlier lui régalait une trentaine de coups de bâton ; il finit par lui casser un bras et une cuisse. Cet infortuné endura cette cruelle punition pendant six mois ; il était rempli de plaies et rongé par la vermine. Il vint l'ordre de Toulon de l'embarquer et de le transporter dans cette ville. Je le vis passer, à côté de la Terrasse, enchaîné avec un forçat ; chemin faisant, la grande quantité de vers qu'il avait sur son corps, faisait qu'il en perdait en route ; je l'ai accompagné par curiosité jusqu'au port. On l'a embarqué sur une tartane française ; le forçat, lorsqu'il a été sur le bord, l'a jeté au fond de câle comme si c'était un sac de son.

Le susdit bâtiment alla mouiller à l'île Sainte-Marguerite ; j'ai appris par un nommé Paul Faraut, qui y était embarqué, qu'en arrivant là-bas, on avait monté ledit Contin sur le pont, qu'on l'avait attaché à la proue du bâtiment pour le nettoyer de sa vermine et laver ses plaies. On lui jetait tous les matins et tous les soirs, deux ou trois sceaux d'eau salée et après on prenait un balai des plus rudes (bois de bruc) pour lui faire tomber la vermine.

Par suite d'un pansement si rude dans la plus forte saison de l'année, il finit ses jours au même mouillage. » (1)

(1) Ce récit est tiré du « Moniteur Universel », sous la date de Turin, le 21 thermidor an VI (8 août 1798). J'ai cité textuellement, en respectant l'écriture.

A ST-LAURENT-DU-VAR

Le 23 mai 1800, le baron Mélas, commandant l'armée autrichienne, faisait son entrée à Nice, où il établissait son quartier général. Le général Suchet battait précipitamment en retraite, amenant avec lui, comme otages, les citoyens Goiran Augustin, Besson André et Ugo fils aîné, administrateurs municipaux de Nice.

En passant à Sainte-Hélène, une bande de Barbets tomba sur l'arrière-garde de l'armée en retraite. Les équipages du général de brigade Raoul furent pillés. Une vingtaine de militaires furent tués, des chevaux furent enlevés, ainsi que tous les objets contenus dans les bagages.

La population niçoise accueillit l'armée d'invasion sans joie, peut-être, mais sans animosité. Le joug que lui imposaient les armées républicaines était de plomb. Les intendances militaires avaient affamé la ville. Depuis sept ans, Nice était la proie de la soldatesque. Ces troupes, qui n'avaient pas encore connu la gloire, qui n'avaient aucun passé et n'avaient pas encore des traditions à défendre, rançonnaient ce pays nouvellement annexé où on les haïssait.

Le comte Caïs de Pierlas, un émigré, qui était souvent venu à Nice pour se concerter avec les patriotes niçois, adressait alors au ministre de l'intérieur à Turin, un rapport significatif.

« Le corps municipal de Nice est venu à notre rencontre, écrit-il, pour offrir les clés de la ville au Roi. Ce sont les larmes de joie de toute une population, les acclamations les plus générales et les plus solennelles qui nous ont accueillis. Ils m'ont enlevé, porté, présenté mille fleurs et sommé d'accepter leur bras pour pousser, dès l'instant, les Français au-delà du Var. Six mille hommes armés s'offraient à l'envi d'y consacrer leur existence. Sans ordre et du plus pur mouvement de leur cœur, ils sont allés tenir en échec les restes de l'armée française, et tandis que les dispositions que j'avais à prendre me tenaient à l'écart pour y vaquer, le dernier de mes soldats recevait les plus touchantes caresses... » (1)

Le noble émigré ne tarda pas à déchanter. Il apprenait, le lendemain, que les six mille Niçois qui avaient attaqué les Français étaient une bande de Barbets. Il dut deux jours après, faire afficher une proclamation menaçant des peines les plus sévères tout citoyen niçois surpris les armes à la main.

La population, lasse de la guerre, épuisée, écrasée, humiliée par les armées qui la possédaient tour à tour, avait, en réalité, uniquement besoin de repos et ne souhaitait que la paix. Le Conseil de la ville. composé de Lanciarès, Pierre Toselli, Sauvaigue et Camous, l'écrivait d'ailleurs peu après avec une rare franchise au comte de Pierlas.

*
* *

Cependant, Suchet s'était arrêté au Var et prenait toutes les mesures nécessaires pour se maintenir à la tête du pont de Saint-Laurent. En même temps, les départements du Var et des Bouches-du-Rhône, effrayés par la menace de l'invasion autrichienne, armaient les gardes nationales. Le général Saint-Hilaire put en mobiliser six bataillons.

Les nouvelles troupes qui traversaient l'Estérel et les Maures pour se rendre à l'armée du Var, achevèrent de faire perdre contenance aux bandes des Réquisitionnaires. Malgré les ordres donnés, des coups de feu furent tirés à leur passage. C'était l'occasion d'engagements terribles, où les fuyards avaient toujours le dessous. Saint-Hilaire se décida à faire une battue générale dans les Maures. On captura une trentaine de réquisitionnaires et on en tua autant. Cela fut la fin.

(1) Cité par Toselli, op. cit. page 303, 2e partie, tome II.

Un jour, la femme d'un ménager livra la retraite des fuyards de Jean-Pierre. Ils s'étaient cachés dans la bastide de Beauvilard, au quartier de Ginasservis, sur le ruisseau du Real d'Or. Ils y vivaient en sécurité, car la bastide était pourvue en farine et en huile. Mais un des brigands eut une querelle avec le ménager, nommé Baron, et le tua. On cacha le cadavre dans la paille de l'étable pour ne point attrister la femme du paysan, dont on avait besoin pour aller chercher, à Gonfaron, la viande fraiche et le sel. Le lendemain, on enterra le corps, pendant que des fuyards jouaient aux dés avec la paysanne.

Elle crut quelque temps que son mari était allé à Brignoles négocier des pièces d'argenterie, ainsi qu'on le lui avait dit, mais un troupeau de porcs ayant découvert la fosse trop peu profonde où était enterré Baron, elle sut par le porcher la triste fin du ménager. La pauvre femme jura de se venger. C'est ainsi qu'elle se rendit durant la nuit, à Collorières, où campaient des gardes nationales, et révéla la retraite des fuyards.

Un détachement arriva au matin. Il y eut une fusillade meurtrière, au cours de laquelle sept réquisitionnaires furent tués. Jean-Pierre reçut une balle dans le bras. La bastide avait été cernée ; les bandits ne purent fuir qu'en se frayant un passage à coups de fusil à travers les lignes des militaires.

Les fuyards se défendaient admirablement.

Une débandade les eut perdus ; mais groupés, avec un sens réel de la discipline, ils s'étaient jetés ensemble sur le même point.

Au moment, où sur l'ordre de Jean-Pierre, ils se concentraient vers un petit jardin donnant sur le bois, derrière la bastide, Nanette aperçut Marie Baron qui, le bras tendu indiquait à un soldat le groupe des fuyards. Le militaire tira aussitôt ; c'est alors que Jean-Pierre fut atteint au bras. Nanette comprit la trahison de la femme du ménager, qui venait de désigner le chef des brigands aux soldats.

Marie Baron ne se cachait point ; elle criait et se démenait comme une folle. En voyant la direction que prenaient les réquisitionnaires, elle s'élança pour les rejoindre par un sentier qui conduisait à la sortie du jardin, en appelant les militaires à elle. Mais l'officier qui commandait le détachement était dans la bastide que l'on fouillait. L'appel ne fut pas compris et Marie Baron se trouva seule au milieu des fuyards.

Nanette avait pris la paysanne par la main et l'entrainait :

— Viens, lui dit-elle, si tu hésites, ils te tueront.

— A l'aide ! cria la femme du ménager, le visage épouvanté, devinant le piège.

— Amenez-là, dit Nanette c'est elle qui nous a trahis.

Les bandits poussèrent la paysanne devant eux. A coups de crosse de fusil ils la forcèrent à courir.

Jean-Pierre Pons avait dû abandonner son fusil que Nanette portait. Il souffrait atrocement de sa blessure, d'où le sang coulait en abondance.

Enfin, après avoir franchi les hautes pentes au-dessus de la Sauvette, les brigands entrèrent dans un petit bois de châtaigniers, où se réunissaient en cas de danger les bandes du Plan-de-la-Tour, et où ils étaient sûrs que les militaires n'oseraient les poursuivre.

La rage des brigands éclata aussitôt contre Marie Baron.

— Tu ne vaux pas la charge de poudre qui te tuerait, lui dit Marcel d'Auriol.

En même temps, il excitait les chiens contre elle. Les bêtes aboyaient, hurlaient, mais n'osaient s'élancer.

— Mords, mords. criait Marcel, courbé en deux, le sang aux joues, dans une surexcitation furieuse.

Les chiens jappaient de plus belle, sautaient haut, montraient leurs crocs, et s'excitaient en vain.

Les brigands s'intéressaient à la tentative de Marcel d'Auriol. Cette cruauté féroce les réjouissait. Ils injuriaient la malheureuse femme qui, très pâle, les doigts crispés de terreur, s'appuyait à un châtaignier.

Tout-à-coup, Marcel d'Auriol eut une idée d'une cruauté nouvelle.

— Déshabille-toi, ordonna-t-il.

Marie Baron s'était affaissée sur le sol.

— Ayez pitié de moi, suppliait-elle, Nanette, tu es une femme, assiste moi...

Mais les bandits s'étaient jetés sur elle. En un clin d'œil, elle fut dépouillée de ses vêtements. Ces préparatifs et les hésitations des chiens donnaient à ce supplice une atrocité inouïe. La terreur de la paysanne était effrayante à voir.

— Mords, commandait Marcel d'Auriol, qui pinçait avec les doigts la chair de la jeune femme.

Les chiens s'élancèrent enfin. Les crocs s'enfoncèrent dans la peau blanche, où des filets de sang parurent aussitôt.

Marie Baron s'était évanouie, Les chiens s'acharnaient, la gueule ensanglantée, et poussaient, en tirant sur la chair, un rugissement sourd.

Nanette s'était détournée. Quand elle entendit la voix terrible des chiens à la curée, elle s'élança et prit les bêtes au cou, de toutes ses forces. L'un d'eux la mordit. Elle s'était agenouillée et prenait sur son bras la tête de la paysanne évanouïe, lorsqu'un coup de feu retentit.

— Sauve qui peut ! cria un fuyard.

Les gardes nationales arrivaient ; ils s'acharnaient à la poursuite des brigands. Ce fut une débandade générale.

*
* *

Huit jours après, Nanette Escartefigue, était au village de Cagnes, sur la route de Nice.

La bande de Jean-Pierre s'était jetée sur la côte. Le jeune paysan de Pourriéres, qui souffrait beaucoup de sa blessure, était soigné par un prêtre réfractaire, dans une bastide, près de Saint-Tropez.

Courageusement, Nanette, s'était mise en route pour venir dans le Comté de Nice, se mettre en rapport avec les Barbets. Le plan que lui avait inspiré sa conversation avec Bonaparte était-il réalisable ?

Elle voulait le savoir.

Elle avait repris ses habits de femme, et elle se sentait maintenant beaucoup plus courageuse, et très fière de sa mission.

La route était facile jusqu'au Var, lui avait-on dit, mais elle risquait sa vie à tenter de passer le fleuve.

Elle était en plein champ de bataille. Le général Suchet occupait Cagnes. La division Clausel était à la tête du Pont du Var. La brigade Iablonowski était à Saint-Laurent, jusqu'à la batterie du Signal. La division Garnier venait de passer le Var, au pont de Malausséna. Il avait ordre de se porter sur la Torre, jusqu'à Utelle, s'il était possible.

De l'autre côté du fleuve, le général Elsnitz, qui remplaçait le baron Mélas, avait disposé 17.400 hommes. Les autrichiens étaient commandés en partie par des émigrés. Le comte de Saint-Julien était à Duranus ; le comte de Bellegarde à Aspremont. Les troupes des généraux Gorrup et Weidenfeld se trouvaient à l'extrême-gauche, près de la mer.

Une flotille anglaise, à laquelle s'étaient joints quelques bâtiments napolitains, mouillait à l'embouchure du Var.

Nanette était restée un jour entièr à Cagnes. Le soir, à la tombée de la nuit, elle prit la route de Nice. La plaine était parcourue par les soldats à cheval. Elle marchait assez loin de la route, suivant tantôt la lisière du bois, tantôt marchant en pleins champs.

Comme elle passait le vallon des Vaux, une vive fusillade éclata. Il était environ neuf heures.

LE COMBAT DE ST-LAURENT

Les coups de feu éclataient et se répercutaient avec un singulier roulement de tonnerre. Soudain, un coup de canon partit, et aussitôt de la mer on commença le feu.

Nanette se tenait dans un fourré de roseaux. Jamais elle n'avait entendu pareille fusillade. L'air claquait. Un crépitement prolongé, constant, douloureux, venait de la direction du Pont du Var, où avait lieu l'engagement.

Les Autrichiens tentaient d'enlever le pont qui leur fermait la route de Provence.

Prévenu par Franceschi, aide-de-camp du général Soult, que l'armée de réserve arrivait à marches forcées à son secours, le général Suchet était décidé à faire une résistance désespérée pour contenir l'invasion autrichienne. Il avait fait établir à la tête du pont de nouvelles batteries. Le général Elsnitz voulut s'en emparer à la faveur de la nuit par un coup de main.

Ce petit ouvrage angulaire, dont les branches latérales n'étaient flanquées que par 9 batteries de 3 à 4 pièces de gros calibre, établies au-dessus et au-dessous du village de Saint-Laurent, lui sembla d'autant plus facile à emporter qu'il n'en soupçonnait pas les fossés pleins d'eau, Le pont qui de la rive droite aboutissait à l'ouvrage était en bois et sur pilotis. On crut pouvoir le brûler et couper la retraite à ses défenseurs laissés sur la rive gauche du fleuve, auxquels il ne serait resté pour le franchir que deux ou trois radeaux. A cet effet, les bataillons de grenadiers de Nemy et de Paar, munis de torches et de fascines goudronnées, et précédés d'un détachement de pionniers, durent se porter à dix heures, au pas de course, de leur camp au bord du fossé de la tête du pont, le combler avec leurs fascines et livrer l'assaut.

Au signal d'une salve générale, les deux bataillons accoururent, en poussant de grands cris, sur les branches de l'ouvrage. Le silence le plus profond y régnait : le feu des Français avait cessé, et ne devait recommencer qu'à coup sûr ; les grenadiers autrichiens trompés par ces indices, et supposant ses défenseurs dépourvus de munitions ou à demi vaincus, redoublèrent d'ardeur et firent ainsi échouer le plan d'attaque. L'avant-garde du bataillon de Nemy, ne pouvant être soutenue à temps, fut renversée par les premières décharges. Le bataillon de Paar, arrivant ensuite au bord du fossé, reçut le même accueil, ce qui jeta la confusion dans ses rangs et le força à rétograder dans le plus grand désordre, Une demi-heure après sa retraite, celui de Nemy, ayant rallié son avant-garde, alla à son tour à l'assaut. Les hommes de bonne volonté qui le précédaient parvinrent jusqu'au bord du fossé, mais ils le trouvèrent plein d'eau et protégé par un épais abatis. Les Français lancèrent alors des balles à feu et éclairèrent les opérations de la colonne ennemie qui ne pouvait réussir qu'à la faveur de l'obscurité : elle fut donc obligée de se retirer comme la première, après avoir essuyé une notable perte.

Les frégates anglaises et les bâtiments de la flotille napolitaine secondaient admirablement les autrichiens. L'artillerie française répondait mal à cette terrible canonnade. (1)

Nanette tressaillait à chaque coup de canon. L'éclat formidable des détonations animait la solitude où elle se tenait. Il lui semblait que les oliviers frémissaient. Un grand rosier qui grimpait à l'arbre avait semé des pétales à foison sur le sol. La jeune femme les prenait à pleine main ; elle n'en percevait point la couleur, mais ses doigts en sentaient la douceur veloutée et moite qui se fondait au toucher, tandis que de fortes senteurs jaillissaient de cette pression. Elle songeait aux

(1) Cf. Toselli, op. cit., page 308.

escarmouches, auxquelles elle avait assisté, entre soldats et brigands, aux premiers coups de feu entendus lors de l'affaire de la diligence de Nice, et à son émoi, à la peur qui avait rompu ses membres... Maintenant, elle s'était aguerrie ; elle aimait la poudre, mais ce combat durant la nuit l'épouvantait. Le canon avait une férocité lugubre ; elle pensait à la boucherie qu'il faisait dans les rangs des soldats.

Soudain, elle entendit derrière elle un galop tumultueux. Des militaires descendaient par l'ancien chemin qui conduit du village de Saint-Laurent à Cagnes. Elle sentit à son front la fraîcheur d'une sueur rapide ; et blottie, serrée contre elle-même, elle laissa passer les fuyards.

Elle reconnut l'uniforme des gardes nationales.

Mais elle ne se sentait plus en sécurité. Martin lui avait dit de remonter le Var pour regagner Aspremont par le torrent de Roquet, entre Colomars et Castagnier.

La solitude l'effrayait ; sa belle audace était tombée. En dehors de l'influence immédiate des réquisitionnaires, son tempérament faiblissait. La fatigue, les privations de toute sorte épuisaient son entêtement de paysanne. Elle avait dormi presque tout le jour. Cependant, ses jambes refusaient de la porter ; une torpeur l'envahissait.

Quand elle eut gagné le sommet de la côte, qui domine le lieu dit le Puget, elle s'arrêta à nouveau dans une oliveraie.

La mer se fondait à ses pieds dans la buée de la nuit. La fusillade continuait. Elle voyait d'abord un éclair, puis le bruit sec de la détonation lui arrivait. La position était merveilleuse au-dessus de ce vaste champ de bataille.

A gauche, les Autrichiens se massaient sur trois colonnes à l'attaque des batteries du pont, offrant le moindre espace possible au feu de l'ennemi. Les Français occupaient toute la ligne de Saint-Laurent à la mer. Le feu des bâtiments anglais convergeait avec celui des Autrichiens sur eux.

Nanette distinguait la masse grouillante des soldats. Elle voyait les colonnes s'ébranler, osciller de gauche à droite d'un mouvement régulier et rapide. Puis, tout à coup, les Autrichiens se replièrent sur Sainte-Hélène.

Il fallait un effort d'imagination pour concevoir l'horreur de la guerre. Nanette n'avait point la vision du sang répandu, des bléssés convulsés en d'horribles douleurs, elle n'avait rien compris à l'attaque et à la défense du pont. Mais elle avait eu peur ; la canonnade secouait sa chair de frissons.

Les bâtiments de la flottille avait cessé le feu. On ne les voyait plus ; ils s'étaient noyés dans l'ombre de la mer. Au loin, l'admirable baie de Nice apparaissait dessinée par les lumières de la côte.

Nanette était desespérément lasse. La mélancolie de la nuit augmentait encore l'angoisse qui la gagnait. Elle ne souffrait point de sa grossesse qu'elle supportait légérement, en fille des champs, que l'hérédité disposait à la maternité facile et heureuse. Cependant, le trouble qui s'était fait en elle, les premières douleurs subies et la surprise de ses sens de n'avoir point, à la lune nouvelle, l'épuisement coutumier, avaient modifié étrangement la hardiesse de son humeur. Une nostalgie nouvelle lui venait, celle de Pourrières, de la maison rustique qu'elle aimait, des champs où les caresses du soleil et du vent sur sa chair nue lui avaient donné la première joie voluptueuse. Cet horizon éperdu de la mer lui était étranger et, peu à peu, il lui semblait qu'elle avait le vertige, devant cette immensité.

Elle reprit sa marche, mais quand elle voulut descendre à la Tour, la pente du Var, elle aperçut un régiment qui descendait précipitamment vers le pont. Les bataillons défilaient ; c'était toute une armée en marche. Elle attendit longtemps ; enfin, elle descendit au-dessous de Sainte-Pétronille, glissa dans les roseaux et chercha le long du fleuve un gué. Le lit du Var est très peu profond à cet endroit. On le passait fréquemment à gué pour aller de la Gaude à Saint-Isidore et à Nice. Il y avait là, en temps de paix, un poste de carabiniers de douanes.

Nanette s'engagea résolùment dans l'eau. Elle était habituée à passer les rivières à gué. Elle avait roulé ses vêtements sur sa tête et passait, nue, dans la crainte d'être obligée de nager.

Quand elle se fut habillée et qu'elle eut marché quelque temps, un délicieux bien-être l'envahit. Ce bain violent la ranimait ; le sang lui brûlait les joues et les mains. La campagne où elle s'engageait était merveilleusement belle. Des effluves de printemps venaient des fermes ensevelies dans la verdure. La terre sentait bon le renouveau et la fécondité. Elle marchait rapidement, heureuse, d'une force nouvelle, il lui semblait qu'elle avait vaincu les plus durs obstacles. Elle écoutait, émue, au moindre bruit. Martin lui avait dit qu'elle rencontrerait les Barbets à Aspremont ; mais elle pensa qu'ils devaient rôder auprès des champs de bataille, autour des armées en marche, et elle espérait en rencontrer dans la solitude de cette campagne.

A Saint-Antoine, elle tomba sur un avant-poste de grenadiers autrichiens. Elle fut aperçue ; quelques soldats avancèrent rapidement, l'examinèrent à la lueur d'une lanterne, et sans mot dire, revinrent sur leurs pas.

Ce premier succès l'enhardit. Sa maigreur, la terreur de ses yeux, qui étaient très beaux, et ses vêtements de paysanne dessinant avec exagération sa grossesse naissante, n'étaient point faites pour inspirer des soupçons.

Elle dut descendre vers le Sud, pour ne pas se heurter au régiment qui tenait le vallon de Saint-Isidore. Mais, à Ginestière, elle trouva encore des soldats et se jeta presque en courant sur le vallon de Magnan.

Elle traversa, à Saint-Lambert, le mauvais chemin qui conduit à Colomars, et ne tarda pas à se trouver, en descendent le torrent, au bord de la mer. Elle était absolument désorientée et se désespéra en se voyant rejetée ainsi à la côte.

Gagner Nice par la route était pure folie. Il lui aurait fallu tromper la vigilance de vingt postes. Elle aperçut d'ailleurs sur la route un mouvement incessant. Le grondement sourd des canons qu'on traînait lui arrivait distinctement, au milieu du piétinement des chevaux.

Il devait être trois heures du matin. La nuit était encore très noire. Un peu de vent s'était levé, soufflant vers l Est.

Soudain, Nanette eut une inspiration. A l'embouchure du Magnan, plusieurs embarcations de pêcheurs stationnaient.

Elle réussit à monter dans l'une d'elles ; elle délia la chaine qui attachait la barque et se laissa aller au courant. Cela avait été si rapide que la jeune femme, tout émue de son audace, ne sut pas garer l'embarcation à temps contre le courant qui l'entrainait. Quand elle mit en mouvement les lourdes rames, elle sentit que ses forces ne pouvaient rien contre la mer, qui la secouait à son gré. Elle ramait, cependant, tirant à grand effort des épaules sur les barres.

Elle espérait gagner, avec le secours du vent, le port de Lympia qui est tout proche.

Mais la mer est mauvaise et capricieuse à cet endroit. Nanette ne pouvait rien contre elle. Elle n'avait pas fait cent cinquante mètres au large que la barque était découverte sur plusieurs points de la côte à la fois.

Bientôt, au port une embarcation se dirigea vers elle. En l'apercevant, la jeune femme se sentit perdue. Elle abandonna ses rames et attendit.

— Qui va là ? cria une voix.

Mais au même instant, Nanette se dressait, et, en voyant ses vêtements de femme, les hommes qui montaient l'embarcation du Port partirent d'un grand éclat de rire.

Trois carabiniers italiens passèrent dans la barque de Nanette et l'on rentra au port.

Après un rapide interrogatoire, la jeune paysanne fut conduite provisoirement sur une sorte de radeau gardé militairement. Le comte de Pierlas avait imaginé de faire détenir sur ce chaland où les évasions étaient très périlleuses, les conscrits réfractaires et les Barbets qui encombraient les prisons de la ville. Les armées françaises avaient amené à Nice, une foule de fuyards, réquisitionnaires, bandits ou paysans maraudeurs, surpris en cours de route. Un tribunal les jugeait par fournées. Il en restait encore un grand nombre.

Tout à coup, comme Nanette venait de se laisser tomber sur le plancher humide de la tartane, elle entendit une exclamation étouffée.

Elle se retourna. Un homme qui avait la tête entourée de linges, et qui tenait un bras en écharpe, s'était dressé sur son séant, et la regardait avec épouvante.

Brisée d'émotion et de fatigue, comme hébétée, Nanette regardait à son tour le prisonnier, lorsqu'un cri, un appel terrifié et sourd, jaillit à la fin de leurs bouches.

— Nanette !

— François !

Le blessé voulut s'avancer vers la jeune femme ; mais au mouvement trop violent qu'il fit pour ce geste, son visage se contracta, ses yeux se fermèrent, convulsés, et il s'affaissa évanoui.

AU PORT DE LYMPIA

Le jour venait du large. A l'horizon, parmi les nuages gris, des lueurs s'allumaient, très pâles, qui flottaient à la brise comme une buée. Le port dormait avec de longs soupirs. Les bateaux italiens ancrés avaient plié toutes leurs voiles en prévision d'une inactivité indéfinie. Sur les quais, des marchandises s'amoncelaient. A quatre heures, un mouvement se fit sur la petite place ; la garde était changée. Des militaires montèrent sur la tartane qui servait de prison ; ils prirent la place des soldats postés à l'avant et à l'arrière. Pour passer, ils enjambaient les prisonniers, heurtant parfois les têtes.

Dans le silence du port, seule cette tartane vivait. C'était un continuel grouillement de voix, de plaintes, de gémissements injurieux et de supplications.

Enchaînés deux par deux, les prisonniers, couchés, se touchaient tous. Le plancher était humide de la rosée de la nuit et les malheureux se pliaient sur eux-mêmes, pour se réchauffer. La lourde chaîne qui liait les jambes les condamnait à la torture d'une immobilité que rendaient impossible les convulsions des muscles suppliciés par la dureté du bois. Parfois, l'un d'eux posait la tête sur l'épaule du voisin.

Une odeur atroce s'exhalait de cette prison en plein air, une puanteur saline et humaine, étouffante et aiguë, qui prenait à la gorge. Lorsque la brise soufflait, des effluves embaumés venaient de la colline du Château et des hauteurs du mont Boron, où fleurissait le printemps.

Nanette était libre à l'arrière de la tartane. Elle était assise sur ses talons, adossée au bord ; sa robe courte laissait voir ses mollets nus, que l'habitude des grandes marches avaient durcis. Ses pieds saignaient dans les chaussures trop larges. Elle paraissait souffrir beaucoup ; son doux visage enfantin, un peu bouffi, était d'une pâleur extrême et elle avait les traits tirés et cette expression douloureuse que donne la grossesse. Ses vêtements en lambeaux et salis par le voyage, la misère de sa mise et la souffrance de ses yeux étaient infiniment pitoyables.

François La Paille s'était tourné vers elle, couché sur le ventre, les mains sous son menton. Il lui contait son effroyable aventure.

L'orage l'avait sauvé à la bastide de Micoureou ; le vacarme assourdissant du tonnerre, avait étouffé le commandement de l'officier, et deux ou trois soldats seulement du peloton d'éxécution avaient tirés.

Il était tombé grièvement atteint à la tête et au bras. Il ne s'était pas évanoui, cependant ; il avait vu Nanette s'approcher de lui avec l'officier. Il avait subi la torture de comprendre le geste que faisait l'officier. Le pistolet, qui se penchait sur lui, lui avait paru énorme et il se souvenait de l'effrayant frisson de terreur qui avait secoué alors sa chair.

— Mon cœur éclatait, disait-il à Nanette ; j'ai eu là une minute d'épouvante dont une année de tortures incessantes n'égalent pas l'intensité. Et quand tu t'es élancée, Nanette, quand j'ai vu tomber l'officier, j'ai reçu un coup dans la poitrine, mes yeux tremblaient... »

Il s'arrêtait, suffoqué. Le souvenir de ce supplice mouillait son front de sueur. Son souffle se précipitait.

Il parlait à voix basse, en se hâtant, avec chaleur, avec une intensité de reconnaissance qui faisait jaillir des mots heureux, des intonations émues et caressantes.

Maintenant, il racontait comment, au bruit de la détonation, les soldats étaient accourus et devinant le drame, s'étaient élancés, sous la pluie, à la poursuite de la jeune femme. L'un d'eux lui avait donné, dans les côtés, un coup de pied ; un autre avait marché sur sa main blessée, et il s'était raidi, pour ne pas crier sous l'affolante douleur.

Il était resté toute la nuit sur le sol détrempé, grelottant de fièvre et perdant du sang en abondance. Plusieurs fois, il avait essayé de se lever, mais il était retombé, pris de vertige. Sa blessure à la tête surtout le faisait souffrir.

Enfin, vers midi, Nicolas Micoureou était apparu. Il pleurait à cause de l'incendie de la bastide. Mais il était bon ; il avait mis François sur une sorte de litière et aidé de son fils, l'avait transporté chez Laurent le rebouteux. Grâce aux sortilèges du sorcier, le blessé guérissait, lorsque les gardes nationales qui descendaient d'Aix pour aller rejoindre le corps du général Saint-Hilaire, s'arrêtèrent à Saint-Maximin. Selon les ordres donnés par Suchet, ils visitaient toute les bastides sur leur passage. C'est ainsi que François fut pris ; son chapeau à plumes et sa culotte à raie le dénonçaient comme un réquisitionnaire enrôlé à une bande. On l'amena, les fers aux mains, et il fut enfermé à la prison de Nice.

Chaque matin, les soldats venaient chercher les prisonniers pour les conduire devant le Tribunal spécial. Jamais les prisonniers ne reparaissaient et François avait encore connu le supplice de cette attente aux premières heures du jour, avec la conscience de la mort imminente.

Quand on était venu le prendre pour le conduire au port, il avait cru que c'était fini, qu'on allait exécuter les réquisitionnaires en masse. Et il avait eu une terreur atroce en passant sur ce radeau ; il s'imaginait que la tartane serait conduite en haute mer pour être submergée.

Ses blessures sans pansement étaient hideuses. Il avait au crâne une large plaie puante et son bras le faisait tellement souffrir qu'il croyait que la gangrène s'y était mise.

— Si j'ai fait du mal, Nanette, je l'ai expié plus qu'âme en purgatoire...

Il tendit ses mains décharnées ; son corps s'était aminci, et la veste de toile, crasseuse et déchirée, laissait voir la poitrine velue, creuse et si amaigrie que les côtes se dessinaient nettement. Sous la lumière blanche qui tombait lentement du ciel, François tendait vers Nanette son visage livide et doux. Ses yeux douloureux s'attachaient avec une reconnaissance touchante au regard de la jeune femme. Mais ce jour mat, argenté, augmentait encore la pâleur du blessé. Il penchait son buste et l'on eût dit qu'il tirait sur la chaîne qui le liait aux pieds pour s'approcher encore de la paysanne. Sa barbe rousse avait poussé, hérissée et sauvage, jusqu'aux cheveux, qui étaient démesurément longs. Il était laid, flétri et si sale qu'on ne pouvait s'approcher de lui sans dégoût.

— Nanette, supplia-t-il dans cette attitude humiliée, pardonne-moi le mal que j'ai fait. Je mourrais content, maintenant que je t'ai vue. Dis-moi que tu me pardonnes... Regarde-moi, Nanette, je n'ai plus qu'un souffle de vie, je souffre de tout mon corps, et j'ai tant souffert qu'il y a comme une âme nouvelle en moi. Si la Vierge permet que je connaisse à nouveau la liberté, j'irai nu-pieds porter un cierge à la Madone de Pourcieux. Et je redeviendrai un paysan ; je travaillerai les champs. Tu seras mariée à Jean-Pierre et je serai votre serviteur. Je serai obéissant et bon comme un chien, Nanette... »

Sa voix tremblait à la vision de la terre. Des perspectives de moissons ondulées et d'allées ombreuses sous la forêt, passaient devant ses yeux ; il s'efforçait en vain de les chasser, Et, tout à coup, il pleura.

— Pourquoi es-tu venue? fit-il, après un long silence. Comment es-tu là? Les militaires t'ont prise et t'ont conduite... Où est Jean-Pierre? Pourquoi les soldats ne sont-ils pas les mêmes? Ceux-ci parlent italien...

Il interrogeait avec angoisse Nanette, qui, accablée, les yeux têtus, sourde à l'émotion du bandit, rêvait douloureusement.

Les questions de François la jetèrent dans une singulière épouvante :

— Pourquoi je suis venue? dit-elle soudain... Je suis venue libre, mais c'etait folie. J'ai quitté Jean-Pierre et les autres à Saint-Tropez. Beaucoup sont morts, Jean-Pierre est blessé;

Nous avons pensé venir dans ce pays, qui est aux Italiens et aux Autrichiens, Nous voulons nous entendre avec les Barbets... Bonaparte me parla de cela à la bastide de Micoureou... Mais je ne sais où sont les barbets,., je suis malade, je suis prisonnière à nouveau... c'était folie de venir...

Elle regardait le Château que l'aube dessinait peu à peu sur le ciel. De grandes vagues claires évoluaient dans l'air, découvrant, parfois des nuages, et laissant des blancheurs sur les travaux récents du port. Dans une sorte d'hallucination que lui donnaient ses sens surexcités par les veilles et la lassitude extrême, elle voyait la forêt où ils s'étaient réfugiés, poursuivis par les gardes. Elle entendait la voix de Marcel d'Auriol excitant les chiens sur Marie Baron. La chair éclatante de la fermière saignait, se contractait en convulsions rapides et elle s'élançait pour mordre à son tour à même la peau riche et douce au toucher comme du velours. Elle haletait, affolée par l'obsession qui la pénétrait, cependant que François continuait à gémir sa prière reconnaissante et endolorie.

Nanette se sentait seule et perdue dans un monde inconnu. Sa vie était brisée ; elle souffrait de toutes les puissances de son corps ; la mélancolie poignante qui accompagne les souffrances physiques durables pesait sur sa pensée d'une charge de plomb. Successivement, des images passaient dans le ciel : la maison de Pourrières, la route de Saint-Maximin où elle s'était battue pour la première fois, le doigt de l'officier qu'elle avait tranché, la caverne de Micoureou, des scènes d'amour avec Jean-Pierre...

Des nausées lui venaient, une saveur âcre lui montait à la gorge, ses tempes battaient. Elle pensa à sa grossesse, et eut alors le désir ardent de mourir.

La douleur de la chair et l'infinie détresse morale dominaient sa jeune vigueur et toute la vitalité intense de son tempérament de paysanne à peine majeure. Elle s'abandonnait. Parfois, un souvenir de volupté émergeait, tantôt la note confuse d'une caresse éprouvée dans l'amour, tantôt une vision de gaieté folle en quelque nuit d'orgie ; mais, aussitôt le désespoir revenait plus accablant, plus douloureux, lui pliant l'échine, lui cerclant le front de fer.

Nanette s'était endormie, pliée sur elle-même. Le petit port de Lympia s'éveillait dans un matin lumineux. Les douaniers arpentaient le quai, le fusil au bras. On apercevait les ouvriers occupés à la construction de la route de Rauba-Capeù. Les pioches résonnaient sur le roc et des voix joyeuses chantaient en langue nizzarde, la langue neutre que Français et Italiens entendaient également volontiers.

La garde qu'on changeait à huit heures réveilla Nanette. Ce court repos avait apaisé ses muscles las et son esprit. Elle sourit à François.

LE RETOUR DES FRANÇAIS

Un carabinier de garde se tenait debout, à l'avant du radeau. C'était un Napolitain au teint bronzé ; il rejetait la tête en arrière et se préparait à jeter un grand cri en aspirant l'air de sa bouche largement ouverte, tandis qu'il gonflait sa poitrine. Au loin, une barque passait, et le carabinier, les mains arrondies autour de ses lèvres l'appelait à grand effort. Ses dents blanches étincelaient sous la ligne des moustaches naissantes et ses grands yeux ouverts s'injectaient de sang. De sa veste entrebaillée et de son large manteau, négligeamment jeté sur les épaules, on voyait surgir une poitrine poilue, brûlée par le soleil. Toute sa personne, robuste comme un cheval de trait, résistante comme les roues cerclées de fer d'un canon, dégageait une impression de santé, de domination, de puissance. L'appel se répercutait dans le port. Et sur la barque qui passait au loin on vit un homme se lever pour répondre par le même cri.

Le soleil venait de jaillir sur la mer et des gerbes ardentes parcouraient l'air comme les rayons d'un réflecteur immense. L'eau frémissait dans la tiédeur des caresses de la lumière. De vagues rumeurs venaient de la terre ; toute une activité de travail et de gaieté, s'annonçait dans l'épanouissement admirable et bruyant de ce matin.

— Que ferai-je maintenant, demandait Nanette, qui conversait avec François, Je n'ai point fait de mal et je ne suis qu'une femme. Que feront-ils, François ?

— Ils te jugeront. Le propre des républicains et des militaires est d'arrêter ceux qui leur sont suspects et de les juger.

— Qu'est-ce que les juges, François? demanda Nanette.

Elle se penchait, confiante et attendrie, vers le prisonnier, et l'interrogeait avec cette naïveté curieuse qu'elle avait eue avec Jean-Pierre.

— Je fus jugée par Bonaparte, qui me condamna à mort, après qu'un officier m'eut demandé mon nom et mon lieu de naissance, répondit François. C'est tout ce que je sais de la justice. Les patriotes la pratiquent de même sorte, et je ne pense pas que les Autrichiens en aient un sens différent.

Deux militaires s'étaient approchés de Nanette sans que celle-ci, absorbée par la compréhension des paroles de François, s'en soit aperçue.

Ils l'interpellaient brutalement.

— Qu'ait-je fait? pria Nanette ; quel crime m'impute-t-on pour m'avoir enchainée sur ce bateau ?

— N'es-tu pas un espion des Français? répondit en l'aidant à se relever, le plus jeune des deux hommes, qui paraissait être un émigré. Et que faisais-tu, à la nuit, déguisée sur cette barque ?

— Je n'étais pas déguisée, citoyen,

A cette appelation le militaire eut un violent soubresaut.

— Ton langage révèle la trahison. Dans ton intérêt, je t'engage à ne point en imposer à la vérité devant le général Ellnitz, qui va t'interroger.

François avait suivi cette scène avec une anxiété croissante. Il aurait voulu intervenir, supplier les militaires d'être bons pour la jeune femme. Il cherchait une expression touchante et se contenait, dans la crainte de compromettre son amie. Son témoignage ne pouvait que lui nuire. Il regardait Nanette, ne désirant plus d'elle, maintenant, qu'un sourire, un frôlement qui eut été un adieu. Mais la maîtresse de Jean-Pierre partait, poussée par les militaires, évitant, avec cette conscience sûre du danger qu'ont les paysans, de révéler son intimité avec le prisonnier.

François, en la voyant partir, se sentit défaillir Ses tempes battaient ; ses mains tremblaient. Il ne put se contenir et s'écria :

— Cette femme est de mon pays, je la connais, elle n'a fait aucun mal.

Mais les soldats poussaient Nanette, sans s'arrêter à cette voix qui s'enflait peu à peu et devenait comme un appel désespéré et si intense que tous les prisonniers se tournaient vers François, anxieux malgré la cruauté de leur propre supplice. François se débattait avec une énergie désespérée ; ses poings frappaient le plancher du radeau : il se meurtrissait en tirant sur la chaîne qui le liait au pied. Son visage s'empourprait, et dans cette crise, le bandage qui couvrait son front se défit et du sang coula.

Haletant, fou de douleur, il criait encore, se mordait les mains, le corps convulsé dans la plus effroyable expression de souffrance et de rage.

***

Les deux militaires se rendaient à la ci-devant église de Saint-François-de-Paule, lieu des réunions des membres du Cercle Constitutionnel, où était installé l'état-major autrichien. Mais un branle-bas agitait la ville ; les tambours roulaient ; les bataillons défilaient dans les rues silencieuses. C'était la retraite. La place était envahie par les militaires et lorsque Nanette entra dans l'église, un officier donna rapidement un ordre aux deux Napolitains, qui disparurent précipitamment.

— Qui es-tu ? demanda l'officier.

— Je suis la femme d'un pêcheur ; les Français ont enrôlé mon mari ; j'allais à la mer ; j'en ai l'habitude ; la vie est dure ; nous ne vivons que du produit de la pêche...

— Tu mens, fit l'officier. Mais je t'épargne parce que tu es sur le point d'être mère. Es-tu royaliste ?

— Je ne sais pas, répondit sincèrement Nanette.

— Crie : Vive le Roi ! chienne, ordonna l'émigré.

— Vive le Roi ! s'exclama la jeune femme de toutes ses forces.

— Tu es libre ; prie Dieu d'assister les armes royalistes et d'écraser la Révolution.

Nanette sortit en hâte ; elle se heurta à un officier et se trouva bientôt dans la confusion tapageuse des soldats. Elle se dégagea et marcha rapidement. Elle allait droit devant elle, heureuse d'être libre, mais elle souffrait, maintenant d'un mal nouveau : elle avait faim. Sur la place de la Liberté, elle s'affaissa, prise de vertige.

Dans la langueur douloureuse de ses sens épuisés, elle assista au défilé de l'armée autrichienne battant en retraite. Le grondement du tambour, tenace, incessant, lui martelait le front. Toutes les portes étaient fermées ; les habitants, terrifiés par la gravité des événements, restaient dans leurs maisons.

Les Français étaient vainqueurs sur toute la ligne. Rochambeau, partageant la 34e division en trois colonnes, avait attaqué les hauteurs retranchées occupées par les Autrichiens près du pont du Var, tandis que le 11me de ligne s'avançait par la vieille et la nouvelle route de Nice. Les deux brigades de grenadiers autrichiens s'étaient admirablement battues. Mais le chef de brigade Mazas, qui s'était porté par le vallon de Saint-Isidore, sur l'arrière-garde ennemie, avait forcé les Autrichiens à battre en retraite pour ne point se trouver entourés.

Pendant cette brillante affaire, qui ne coûtait aux Français que 150 hommes, les dragons autrichiens de Kaïm sabraient la colonne agissant sur la route de Nice, qui s'était avancée avec trop d'ardeur, et la réduisait presque à néant.

Ce qui en restait fut accueilli par la division Mengaud, qui descendait le Broc, pour passer le fleuve à Saint-Martin et attaquer Aspremont, et qui, n'ayant pu rétablir le pont, dut le franchir à Saint-Laurent.

De son côté, Garnier ayant passé la Vésubie, près de Veletta, poussa vers Lucéram et obligea le comte de Bellegarde à évacuer Saint-Martin et la Roquette et à gagner Gravine.

C'est alors que le général Ellnitz, informé de ce mouvement de Garnier, pressé aux portes mêmes de Nice par Rochambeau, et ignorant si la brigade Gorrup avait atteint le col de Braüs avant de rencontrer les républicains qui l'auraient écrasé, se décida à évacuer Nice. Après avoir dirigé sa grosse artillerie sur le col de Tende, il annonça sa retraite. Les brigades Ulm et Saint-Julien se retirèrent sur le col de Braüs, celle de Weidenfeld suivit la grande route et le général Lattermann, formant l'arrière-garde, se retira sur la Turbie, après avoir laissé un fort détachement à Mont Gros. Le comte de Bellegarde se dirigeait également sur Braus, et Gorrup sur le col de Raus.

Le général Suchet, qui n'avait pas de renseignements précis sur cette retraite, laissa 500 hommes à la tête du pont de Saint-Laurent, autant à Puget pour s'assurer deux passages sur le Var, et fit avancer le général Clausel par les deux routes de Nice sur Cimiez et le Mont-Gros, afin de rétablir les communications avec les forts de Mont Alban et de Villefranche.

Au centre, la brigade de Solignac prit position sur le Paillon et Rochambeau s'établit entre la Lauvette et Drap. La division Mengaud se porta sur Aspremont (1).

Suchet, qui marchait avec la colonne de droite, entra dans Nice avant la nuit et y rétablit les autorités françaises.

Après le départ des Autrichiens, les habitants avaient envahi les rues et lorsqu'on annonça l'arrivée des Français, ce fut un délire de joie générale. L'enthousiasme qui avait accueilli le retour des Italiens n'est point comparable aux transports manifestés en cette occasion.

« M. Ellnitz, écrit Suchet à Bonaparte, a quitté Nice à huit heures du matin et à six heures du soir je recevais les clés et les félicitations des magistrats. Les habitants nous ont accueilli avec mille démonstrations de joie ; les Autrichiens les ont maltraités ; ils témoignent tous un grand repentir et donnent l'assurance qu'il leur fallait cette leçon pour apprécier le bonheur d'être Français. J'ai reçu une délégation du clergé, que

(1). Cf. la correspondance du général Suchet adressée au général Bonaparte, Premier Consul, ainsi qu'un rapport du général de division Oudinot, chef de l'état-major général, sur ces opérations autour de Nice.

j'ai bien accueillie. On a allumé des feux de joie dans la ville, le soir, et des salves ont été tirées en notre honneur.

« Je crois, mon général, seconder vos ordres en ne développant point des mesures de rigueur, et, comme d'ordinaire, la victoire est compagne de l'indulgence, je ne ferai traduire devant une commission militaire que les assassins reconnus de plusieurs militaires. Ils appartiennent à une bande dite des Barbets ; ils ont fui, mais ils seront jugés par coutumace.

« Le Conseil de Ville fut composé le soir même. Il était formé des citoyens Ugo, faisant fonction de président ; Masséna Philippe, Besson et Simon, administrateurs municipaux ; Grimaldi, Pauliani, Saint-Pierre, Guillonde, Girard, Genet, Toselli, Mars, Lanciarès, Sauvague, Daumuy et Camous, adjoints ; Nouvelli, commissaire provisoire du gouvernement, et Torrini secrétaire. Pour plaire à Suchet, qu'ils étaient aller saluer au pont du Var, les conseillers requirent les citoyens Louis Rey et François Poullan de tenir chacun à la disposition du Conseil cinquante charges de blé qui seraient distribuées pour le service de l'armée.

« Les illuminations, le soir, furent particulièrement brillantes. Les soldats festoyèrent gaiement dans la bonne ville qui leur ouvrait, en ce printemps tentateur, l'hospitalité la plus large, la plus hardie, celle que donne le repentir et la crainte.

« Vers minuit, un défilé eut lieu avec des torches, de la place Egalité (Saint-Dominique) à la place de la République (Garibaldi). Toutes les autorités s'y trouvaient. On chantait l'hymne guerrier : « Veillons au salut de l'Empire... »

Nanette se tenait contre le mur sur la place Egalité, effrayée et ravie à la fois de cette manifestation qu'elle ne comprenait pas. Jamais spectacle aussi imposant ne lui était apparu. Les musiques surtout la ravissaient.

Tout-à-coup, quelques militaires l'aperçurent. Sa pâleur, son visage émerveillé, les attirèrent. Ils s'approchèrent. C'étaient des volontaires de 1792, pétris dans la haine des rétrogrades et la gloire des grandes tueries. Ils étaient couverts de poussière, harassés, mais inlassablement gais et insolents. Ils entouraient la jeune femme :

— Que fais-tu là ? demandèrent-ils.

Nanette devenue livide, épouvantée par le contact des uniformes, se redressa vivement :

— Vive le roi ! cria-t-elle de toutes ses forces, comme le lui avait appris l'officier de l'Eglise Saint-François-de-Paule (1).

---

(1) Les historiens de Nice donnent du retour des Français à Nice, en mai 1800, des versions differentes.

Toselli écrit : « Le départ précipité du baron de Mélas, qui obligea les généraux Gorroup et Elsnitz à se retirer au-delà des montagnes, mit la consternation parmi les habitants de Nice, qui craignaient les dangers du pillage.

Durante raconte que le général Suchet fut d'une violence extrême envers le Conseil de la ville, qui lui apportait les clés. Nice ne dût son salut qu'aux supplications du directeur de l'hôpital, M. Porteret.

J. F. Fervel, chef de bataillon du génie français, s'exprime ainsi : « Nice, comme presque toutes les villes italiennes, s'était gravement compromise pendant la courte occupation austro-sarde, et personne n'osait affronter le péril d'aller au-devant des Français au Var... »

LE TRIBUNAL DE L'ESCARÈNE

La nuit était froide ; le vent de la mer apportait la mélodie rêveuse des vagues bruissant au large. Les soldats s'étaîent attardés sur la place Egalité, autour de Nanette, et ils arrivaient maintenant au Port que la foule venait de quitter. Un brasier luisait sur le quai, à la place où avait flambé le feu de joie allumé pour le retour des Français,

Parfois, un coup de vent éparpillait les cendres et une courte flamme bleue courait sur les braises, Les soldats s'étaient assis près du feu, couchés dans une attitude nonchalante :

— Alors, tu n'as pas de maison, citoyenne, dit l'un d'eux en s'adressant à Nanette ; tu vas d'un pays à l'autre, c'est bien. Tu connais le langage de la liberté. Ton père était paysan ; il avait épuisé sa force et sa vie pour la terre. Il n'a eu aucune joie ; la terre a tout absorbé ; elle a fini par le prendre lui-même. Toi, tu es libre...

Nanette avait suivi les Républicains. Ils s'étaient jetés sur elle quand elle avait crié : Vive le roi ! Cette acclamation leur rappelait les plus mauvais jours des premières luttes pour la Patrie en danger. Mais la jeune femme les avait aussitôt apitoyés par ses supplications. Sa misère, ses larmes, sa grossesse, émurent les cinq militaires qui formaient le groupe le plus singulier de soudards philosophes.

Le vent augmentait et donnait à cette nuit la froideur et la mélancolie des soirs d'hiver. Nanette se sentait heureuse et sûre parmi ces soldats comme au milieu des groupes des réquisitionnaires, Sa figure brune et mate souriait, et ses yeux admirables s'attachaient avec reconnaissance au visage hâlé du soldat qui savait dire si tristement des pensées simples :

— Le paysan travaille toujours. Pourquoi ? Pour qui ? Personne ne le sait. Les gens se rassemblent en tas, s'écrasent les uns les autres dans les villages, se tiennent immobiles et meurent à force de fouiller le sol au même endroit. Et pourtant que de place perdue sur la terre ?

Crois-tu que quelqu'un ait besoin de toi ? Tu n'as ni un pain ni un fusil et tu ne peux servir à personne. J'ai vu beaucoup de pays, je connais des contrées plus différentes entre elles que les montagnes et les fleuves. C'est ainsi qu'il faut vivre.

Maintenant, si je revenais dans mon village du Limousin, sous les châtaigniers immobiles, je mourrais d'ennui. L'ennui est un supplice affreux ; il serre le cœur comme un étau. Les plantes seules doivent être immobiles, naître et mourir au même endroit. Les hommes sont faits pour marcher et changer toujours ».

Nanette écoutait le soldat avec ravissement. Ces paroles lui faisaient du bien. L'angoisse qui éveillait devant ses yeux des visions d'enfance, qui rappelait à son souvenir des parfums d'autrefois, qui lui remémorait les premières harmonies perçues : chansons du soir à la veillée, frissons de forêts sous le soleil, musique lourde et poignante des cantiques à l'église, la douleur de l'isolement, la souffrance de se sentir loin de tout ce que l'on a aimé, toute la peine morale qui pesait sur son cœur, s'atténuait, s'évanouissait lentement. Le passé s'effaçait ; elle en avait comme une honte. La vie qu'elle avait adoptée, faite de courage et de danger, n'était-elle pas meilleure, plus réconfortante à l'âme ? C'était l'affranchissement de la race, l'étape vers l'avenir heureux dont parlaient les patriotes et qui était peut-être vrai.

Les soldats avaient été bons pour elle, ils lui avaient donné à manger en abondance. Auprès du feu, un bien-être inconnu l'envahissait. Elle se sentait prise d'une torpeur voluptueuse qui la grisait.

La tête appuyée sur son bras, elle souriait à quelque vision mystérieuse, qui passait sur la mer, à l'horizon. Elle n'écoutait plus le soldat qui célébrait la douceur de vivre, et, peu à peu, au rythme de cette voix, elle s'endormit.

*
* *

Le lendemain matin le corps des militaires qui avaient recueilli Nanette et l'avaient imposée à l'hospitalité de l'habitant fut désigné pour aller occuper l'Escarène. C'était la route de Nanette. Le hasard la conduisait presque au centre du domaine des Barbets. Il fut convenu qu'elle suivrait la troupe ; à l'étape, elle rejoignait ses amis. Une amitié nouvelle était née entre les militaires et cette jeune femme qui affirmait aimer comme eux la vie libre et les aventures des chemins.

— Mon mari a été enrôlé, disait-elle, il est parti et je n'ai aucune nouvelle de lui. Je ne peux vivre dans notre maison seule ; l'ennui m'oppresse ; je suis libre, je vais où mon humeur me guide...

Elle allait donc pouvoir exécuter sa mission. Les termes en étaient précis et fort nets. Elle devait se mettre en rapport avec quelques chefs barbets et leur proposer une union. Les réquisitionnaires passeraient le Var. Leurs bandes unies, solides, disciplinées, riches en munitions et en cartouches, rompues à la guerre de maraudes, seraient un appui formidable pour la lutte patriotique que soutenaient les barbets. Ils ne demandaient rien si ce n'est la moitié du butin et la reconnaissance de leurs chefs. En échange, ils s'engageaient à fraterniser avec les vieilles bandes piémontaises et à leur obéir dans la direction générale des affaires.

Unis, les réquisitionnaires et les barbets, pouvaient tenir une armée en échec. Les derniers événements qui avaient chassés les Français de Nice, donnait à cette union une force particulière.

Les barbets n'avaient pas eu moins à souffrir en ces dernières années que les fuyards de l'Estérel. La trahison et les battues des militaires les décimaient. A n'en point douter, la proposition de Nanette serait accueillie d'enthousiasme.

A Nice, l'opinion générale était depuis longtemps soulevée contre les Barbets; il ne restait plus trace des anciennes sympathies qui avaient favorisé les premiers exploits des colonnes piémontaises révoltées contre l'annexion de 1793 (1)

La première compagnie de la garde mobile niçoise avait sollicité l'honneur d'aller combattre ces bandits. Quelques semaines après, la municipalité de Nice écrivit au citoyen Mutru, capitaine de cette compagnie : «Nous vous prévenons qu'une 3me compagnie mobile vient d'être organisée par nos soins, et marchera sans délai pour aller chasser avec vous les assassins du sol de la République. Ainsi, tranquillisez nos concitoyens, vos subalternes, lesquels sous peu de jours nous aurons la satisfaction de serrer dans nos bras, et n'oublieront jamais les services importants qu'ils ont rendus à leurs concitoyens, et, remplis de gloire, ils auront la satisfaction de voir tous les amis de la République applaudir à leur zèle et l'on parlera de la colonne mobile niçoise comme des héros de l'armée d'Italie ».

Ce fatras empoulé est signé Jean-Jacques Défly. Il donne une idée de l'importance que l'on attachait à la guerre contre les Barbets. C'était, en effet, une lutte singulièrement difficile et périlleuse.

La légende du Saut des Français, à Duranus, faisait trembler encore les enfants. On répétait à voix basse la singulière histoire de Masséna, qui avait fait attacher dos à dos les prisonniers sur un mulet au bord du précipice. Il piquait de la pointe de son épée la bête, qui s'élançait dans le gouffre. Aujourd'hui, Masséna était un chef puissant dans l'armée française (2).

On conçoit quel'opinion publique ait pu être longtemps décontenancée par un aussi illustre exemple. Mais l'élan était

(1) Buoniffaci, lui-même, le bon prêtre, qui vouait chaque matin à l'enfer tous les Français de la création, écrit : « I cosi detti barbets, ora non sono più milizie, ma vere bande di assassini, che perturbano la tranquillità ». (Journal de l'abbé Buoniffaci, décembre 1796).

(2) V.-Eugène Gautier père, dans les « Bandits Justiciers »,raconte ce trait de la vie de Masséna. Mais dans ce récit ce sont les Barbets que le futur général de l'Empire précipite dans le gouffre qui devait s'appeler le saut des Barbets.

donné. Nice armait et se levait avec une énergie définitive contre les pillards et les assassins qui la déshonoraient.

Dans la belle fièvre de cet enthousiasme, on décida de faire le dénombrement des chevaux, mulets et mules qui existaient dans le canton de Nice. « Le total donna 81 chevaux, 85 juments, 23 mules et 473 mulets. Parmi tous ces animaux, il ne se trouva qu'un seul mulet qui était de la taille prescripte par l'article 7 de l'arrêté du Directoire Exécutif du 25 pluviose an V, et encore il avait du mal aux pieds » (1)

C'est alors qu'on installa à l'Escarène le Tribunal criminel, qui fit naitre dans le pays le plus effroyable régime de terreur. Les militaires parcouraient les bastides et conduisaient à l'Escarène les paysans que l'on suppliciait. On pillait les maisons où l'on trouvait des vivres et il n'y avait point de quartier pour les malheureux fermiers qui hésitaient dans leurs réponses ou se troublaient devant le canon des fusils. L'histoire de ce Tribunal militaire est rouge du sang du crime à toutes les pages ; on tua des femmes et de pauvres vieillards. C'était la fusillade des suspects ; quiconque était dénoncé. même par un anonyme, était exécuté. L'abbé Buonifacci, dont le témoignage est précieux en toutes choses, et qui ne fut guère tendre pour les Barbets, s'indigna contre ce Tribunal : « All'Escarena, écrit-il, vi è un tribunale militare per guidicare i barbets, questo è un tribunale di sangue, e si è collocato ivi a bella posta per incutere maggior terrore e per essere più libero nelle sue esecuzioni. Nel corso di questo mese quel tribunale ha condannato 35 e piu barbets, dodici dei quali morirono senza sacramenti, perchè il tribunale non volle. »

Toselli cite le fait suivant, que je transcris textuellement :

« Fulconis, un des chefs des barbets, fut assassiné à l'Escarène par un de ses compagnons, lorsqu'il dormait ; les éclaireurs s'emparèrent du cadavre et le placèrent à la porte de la maison de la mère de ce malheureux ; le lendemain, il le firent transporter à Nice, attaché sur un mulet, dans une position

(1) Toselli, op. cit. page 159.

aussi remarquable qu'effrayante; il était accompagné par celui qui lui avait donné la mort, et escorté par un nombreux détachement, commandé par un officier ; le peuple accourut, l'indignation et l'horreur qu'excita ce spectacle barbare produisit des mouvements et des plaintes pour faire cesser cette marche inouïe et inexcusable.

« La municipalité de Nice, dans son rapport au ministre de la police générale, après avoir raconté le fait, dit : « Si les habitants ont applaudi à notre conduite, ils ont été irrités des jactances et des menaces de nous dénoncer que le général Garnier a faites sur les places et dans les cafés. Notre conduite dictée par l'humanité et prescripte par les lois, ne saurait être blâmée, mais nous nous devons à nous-mêmes et nous devons à nos citoyens de vous observer que l'exposition du cadavre de Fulconis à la porte de sa mère, et la course qu'on lui a fait faire dans les rues de cette commune ne peuvent avoir été produites que par des motifs qu'il est impossible d'approuver. Escarène est distant de Nice de près de cinq lieues, c'est un gros bourg où il y a un cimetière, comme on en trouve à Drap et à la Trinité, où l'on passe pour venir ici. Notre cimetière était à la portée de l'avenue de l'Escarène. Rien n'a donc pu autoriser, ni le transport à Nice, ni la course dans les rues ; ce n'était pas là, un triomphe militaire, et un cadavre sanglant, puant et hideux, n'était certainement pas un trophée. L'indignation de ce spectacle et de cette conduite a produit des évanouissements et des dégoûts fâcheux chez bien des femmes ; il eût pu exciter des désordres dans une ville où l'on aime la tranquillité et la paix ; vous vous convaincrez par là que nous avons agi très prudemment et que les prétextes de conduite au cimetière et de publicité à donner à une mort qui devait réjouir tous les bons citoyens, sont bien frivoles ; la mort de Fulconis était déjà connue de tous les habitants, elle aurait pu l'être par des publications et des affiches, le cadavre eut pû même être exposé au lieu ordinaire des supplices, qui se trouve hors de la ville pour satisfaire ceux qu'un pareil spectacle pouvait réjouir, mais jamais une promenade sépulcrale et cannibale n'aurait dû être faite ; si l'humanité a été outragée, nos droits de police n'ont pas moins été violés...

« Que ce général ait encore poussé l'oubli jusqu'à soutenir la scène du cadavre promené dans Nice, par des menaces peu décentes faites contre nous, c'est ce qui ne saurait être conçu ; nous nous bornons à ces deux faits sans vous parler d'un nombre d'actes arbitraires... dont vous avez dû être instruit.

« Nous vous prions, citoyen ministre, de juger notre conduite et de prendre vous-mêmes les mesures que les circonstances exigent... »

LA FÊTE DU PEUPLE

« On ne peut pas fermer les yeux, dit Toselli, sur le progrès matériel que l'ordre et la discipline commençait à établir vers le commencement de 1800. Les valeurs monnayées avaient remplacé les assignats et les désastres du *maximum*.

« Le commerce, l'industrie et l'agriculture se réveillaient après plus de dix ans d'une déplorable stagnation. La disette, qui s'était fait si cruellement sentir par la présence de tant de troupes entassées dans le comté, commençait à céder par l'arrivée de plusieurs navires chargés de blé et autres marchandises,

« La vraie religion de nos pères reprit son essor par la réouverture des églises et par la rentrée des ecclésiastiques. Dès qu'on fut libre de célébrer le culte catholique, l'on vit retourner dans leur patrie tous ces bons disciples du Christ, avec leur besace et leurs bâtons en vrais pèlerins. »

Le nouveau préfet du département, Chateauneuf-Randon, arrêtait alors que «l'une des cloches, et la plus forte maintenant au clocher de la succursale de Cimiez, commune de Nice, serait portée et placée, le 25 messidor, jour correspondant au 14 juillet, au clocher de la Métropole du département, église dite Sainte-Réparate. Les autres objets d'argenterie du ci-devant couvent, qui ont été cachés par les moines, hormis ce qui est indispensable au service de cette succursale, sont destinés pour la Métropole ».

« Cet arrêté du préfet Chateauneuf Randon, dit encore Toselli (1), mit la confiance parmi les Niçois, auxquels plusieurs objets d'argent et ornements d'église, avaient été confiés et qu'ils tinrent cachés tout le temps des calamités publiques. Chacun s'empressa de porter ce qui avait été soigneusement cachés.

Plusieurs restitutions même furent faites, ce qui mit en peu de temps les administrateurs de la Cathédrale en mesure de l'orner à nouveau et de la rendre digne du service catholique.

*
* *

L'apaisement des esprits, la lassitude générale occasionnée par dix ans de révolution, la modération d'un gouvernement neutre entièrement absorbé par les affaires de la capitale semblait vraiment devoir créer dans notre pays une ère nouvelle de prospérité et de paix.

La fête de la souveraineté du peuple eut, cette année-là, un éclat particulier.

La population niçoise tout entière s'y rendit, et l'on vit, spectacle nouveau, le peuple des campagne descendre de la montagne pour venir festoyer à Nice. La vigueur de la chasse faite aux Barbets avait nécessité le séjour prolongé des militaires dans les campagnes les plus reculées. A ce contact, les préjugés et les terreurs s'étaient peu à peu effacés.

En ce matin clair de printemps, arrivaient à Nice, les cabriolets et les chars-à-bancs qui se succédaient à grands bruits. Ils emportaient vers la place de la République les propriétaires et les fermiers ruraux, engoncés dans leurs cols à pointes molles et les collets mal roulés de leurs habits gris et bleus. Des cavaliers poudreux passaient, cravachant leur bidet maigre, et saluant au passage avec maladresse, à la manière des soldats, l'autel de la Patrie, déjà préparé pour la cérémonie. Les carrioles rustiques encombraient les rues : les campagnards criaient le bonjour en patois en se félicitant de la température.

(1) Toselli, op. cit. page 166 et 167.

De l'Escarène, de nombreux groupes étaient descendus. Là, surtout, l'appel du préfet avait rencontré un accueil empressé.

Le Tribunal criminel aurait considéré comme autant de trahisons toutes les abstentions, Le paysan qui chevauchait dans son habit trop raide, à forme ancienne, et que le soleil mettait en belle humeur n'ignorait pas qu'il jouait sa vie à cette excursion forcée.

L'administration municipale de l'Escarène avait demandé à venir célébrer à Nice la fête de la souveraineté du peuple, pour donner à la République un nouveau gage de fidélité.

En réalité. les membres de cette municipalité, composés en majorité de partisans secrets des Barbets, avaient saisi avec empressement l'occasion de se dérober à la surveillance si serrée et si terrifiante des inquisiteurs militaires. Comme par enchantement, les Barbets avaient disparu le jour de l'arrivée des troupes françaises. Les bandits, qui terrorisaient le village, qui semaient les cadavres de soldats sur les routes, s'étaient soudainement évanouis ; et les juges n'avaient trouvé dans le pays que des paysans dévoués à la République, offrant leurs corps et leurs biens pour le châtiment des Barbets.

Les anciens miliciens piémontais, professionnels de l'assassinat et du pillage, avaient fui devant les Français ; ils avaient gagné la haute montagne. Mais leurs indicateurs, leurs complices, paysans apeurés, fermiers honnêtes, mais dominés par quelque prêtre réfractaire caché dans une cave, les auteurs responsables des troubles qui épuisaient le pays, étaient aux honneurs. Administrateurs municipaux, membres du Club Constitionnel, ils avaient l'oreille des officiers qui condamnaient à mort les malheureux paysans dénoncés pour un motif infâme de cupidité, pour la convoitise d'une terre à acheter à vil prix, pour une haine de famille ou simplement par lâcheté.

Nanette Escartefigue, grâce aux efforts de ses amis les militaires, avait trouvé place chez Joseph Palani, qui l'employait aux soins du ménage, elle s'y montrait attentive et empressée. Son zèle faillit lui coûter cher, il la rendit suspecte. Elle fut surprise, en effet, travaillant un jour de *décadi*, malgré la loi.

Joseph Paiani dut se porter garant de sa foi républicaine. Il appréciait son caractère ; il aimait l'atmosphère de mystère qui l'enveloppait et le trouble de ses yeux quand on l'interrogeait sur le pays d'où elle venait.

Il avait compris que cette jeune femme avait une mission à remplir ou une haine à satisfaire. Sa beauté, enfin, l'intéressait, il avait pitié de sa grossesse. Mais son manquement au *décadi* était grave. Pour en détourner les effets, il conduisit avec lui Nanette à la fête de la souveraineté du peuple (1)

*
* *

Sur la place de la République, venant du Port, les soldats débouchèrent. Une rumeur se développa dans la foule massée autour de l'autel de la Patrie. Les cavaliers défilaient en grande tenue, le plumet au soleil, le sabre à la hanche. Les chevaux lustrés avancèrent au pas.

Il était neuf heures du matin, vingt-quatre vieillards choisis par l'administration municipale marchaient en tête du cortège qui se rendait à la Maison Commune. Sur les marches de l'édifice, quatre jeunes gens attendaient porteurs de quatre bannières sur lesquelles on lisait les articles des droits de l'homme et de la Constitution désignés par l'arrêté du Premier Consul.

Les trois juges de paix et leurs douze assesseurs, fonctionnaires publics, élus par le peuple dans les assemblées primaires et communales, se tenaient auprès d'eux.

A dix heures précises, le cortège se mit en marche pour se rendre à l'Autel de la Patrie. Un détachement de défenseurs de

---

(1) On se montrait particulièrement sévère à Nice contre les personnes qui ne célébraient point les Décadis dans toute la rigueur de la loi.

Ces fêtes décadaires se célébraient alors dans la ci-devant église de Saint-Dominique, l'ancien temple etant trop petit pour la nombreuse population. Sur la moindre réquisitoire du commissaire de police Florès, on dressait des procès-verbaux et les condamnations étaient graves.

Le 12 brumaire an VII, furent condamnés : 1. le citoyen Pierre Raynaud, cultivateur, pour avoir envoyé la nommée Davica Icart, demeurant chez lui, charrier, avec une ânesse, du fumier dans la ville, le décadi passé ; 2. Nicolas Fighiera, du quartier de l'Ariane, qui s'était permis le même jour d'envoyer son garçon dans la ville avec une charrette de farine, sans avoir au préalable obtenu la permission de la municipalité ; 3. Des maçons qui avaient travaillé ostensiblement, le dit jour, au canton dit des « Maitres », dont le citoyen Simon était cantonnier. (Cité par Durante).

la Patrie, séparait le groupe officiel de la foule. En tête, venait la musique jouant des airs patriotiques et guerriers, puis les vingt-quatre vieillards, portant chacun une baguette blanche. Après eux, s'avançaient les sept membres composant l'administration municipale, le président à la tête, accompagné du commissaire du Pouvoir Exécutif près d'elle et de son secrétaire en chef. Puis les trois juges de paix et leurs douze assesseurs se pressaient, effarés, gênés par les museaux des chevaux qui les flairaient de près par derrière. Un détachement de six bataillons de la garde nationale sédentaire avec l'Etat-Major bordait la haie du cortège qui avait çà et là un rang de gendarmes.

Nanette était postée au bord de la rue, attentive auprès de son maître, émerveillée par tant de grandeurs et de grotesque. Les versets d'un psaume guerrier étaient psalmodiés par des voix mâles et une centaine de bourgeois, membres de clubs et francs-maçons, poussaient par intervalles une exclamation sourde qui saluait la République.

La place de la République était jonchée de roseaux, d'herbes aquatiques, de palmes et de fleurs. Les jeunes gens posèrent leurs bannières aux quatre angles de l'Autel de la Patrie et les vieillards s'y rangèrent autour. Après eux, se placèrent les fonctionnaires et la force armée envahit l'intérieur de l'enceinte. L'arme droite, les fantassins se suivaient à trois pas d'intervalle.

La cérémonie commença par le chant à grand orchestre : « Allons enfants de la Patrie ». Les vieillards s'avancèrent et formèrent de leurs baguettes un faisceau qu'ils lièrent avec des bandelettes tricolores.

*
* *

L'un des vieillards, le citoyen Balmoussière-Chartroux, père, adressa aux magistrats les paroles suivantes :

« La souveraineté du peuple est inaliénable ; comme il ne peut exercer par lui-même tous les droits qu'elle lui donne, il délègue une partie de sa puissance à des représentants et à des magistrats choisis par lui-même ou par des électeurs qu'il a nommés. C'est pour se pénétrer de l'importance de ces choix que le peuple se rassemble aujourd'hui ».

LE PREMIER CHAMPIONNAT DE COURSE.

Pour se conformer aux vues du gouvernement, l'administration municipale, précédée de la musique, se rendit de nouveau, sur la place Egalité, à trois heures de l'après-midi, pour assister aux courses et jeux qu'elle avait fait préparer.

Les prix qui, dès le matin, avaient été placés à la vue du public, attirèrent un grand nombre de concurrents. Il fut d'abord fait une double course des enfants au-dessous de 10 ans ; ils étaient au nombre de 26, tous ornés de rubans tricolores, et le jeune citoyen Dapreri, étant arrivé le premier au but, eut pour prix un tambour.

On procéda ensuite à une double course de jeunes gens au-dessous de 15 ans, ils étaient au nombre de 22 ; le vainqueur fut le jeune citoyen Laurent Urban, qui aussitôt fut gratifié d'un drapeau tricolore. Ensuite, on fit la double course des citoyens au-dessus de 15 ans, le nombre des concurrents était de 17, tous ornés, comme les précédents, de rubans tricolores. Le citoyen Joseph Caveu, jeune canonnier militaire, devança tous les autres et obtint le prix d'un sabre avec ceinturon. Ces trois prix furent délivrés successivement par le président de l'administration municipale, aux acclamations d'un peuple innombrable et aux cris mille fois répétés de : Vive la République !

Les administrateurs, toujours précédés de la musique, se transportèrent à la place de l'Egalité, où un coq d'Inde, d'une grosseur énorme, avait été suspendu pour être le prix du premier qui, les yeux couverts d'un mouchoir, partant d'une distance donnée, irait toucher la corde. Mais après avoir assisté à plusieurs essais infructueux pour l'atteindre, l'approche de la nuit décida l'administration à abandonner ledit prix à quelques défenseurs de la Patrie, ce qui occasionna quelque confusion, en même temps que la disparition de la dinde.

La lettre suivante, adressée au commandant de la place, va nous dire où elle alla finir.

« Un canonnier s'est permis de voler sur la place Egalité, une dinde qui devait être le prix d'un jeu auquel faisait procéder l'administration municipale, en suite de la fête de ce jour ; ce canonnier a été arrêté pai un de nos commissaires de police revêtu de sa décoration et a repris la dinde ; mais le canonnier encouragé par nombre de ses camarades, ont tous ensemble méconnu la voix de l'autorité qui leur parlait, et ont repris de nouveau la dinde, sans vouloir obéir aux ordres qui, au nom de la loi, leur ont été donnés pour se rendre à la municipalité.

« Nous sommes trop convaincus, citoyen, de votre zèle pour le bon ordre, le maintien de la discipline et de la subordination, pour ne pas être persuadés que vous allez de suite donner des ordres pour nous faire restituer ce vol public, et faire punir ceux qui s'en sont rendus coupables, et, qui, à ce crime, ont ajouté celui de méconnaître la voix des magistrats. Ces canonniers ont été vus se porter au fort de ce château, où nous supposons qu'ils sont de garnison (1) ».

MASSÉNA

Nanette et Paiani avaient assisté à toutes ces manifestations en curieux zélés. Le paysan de l'Escarène et la jeune femme ne se quittaient pas. Le soir, Paiani retrouva Nanette près de la prison du Sénat, où elle l'attendait. Deux ou trois promeneurs les rejoignirent bientôt. Le groupe remonta la rue du Malonat, s'engagea dans la rue Saint-Joseph et s'arrêta à la porte d'une maison de la rue de la Croix.

Paiani présenta Nanette aux mytérieux personnages qui l'accompagnaient.

— Elle est des nôtres dit-il ; elle connaît le silence et vient des pays de l'Estérel où les autres combattent.

Le conciliabule avait pour objet de délivrer quelques prisonniers détenus dans les prisons du Sénat.

---

(1) Toselli, Précis historique, 2me partie, tome II, page 210.

Pendant la discussion, Paiani expliqua à Nanette que la prison du Sénat, une mauvaise bâtisse, mal surveillée, mal tenue, était propice aux évasions.

— Qu'est-ce que le Sénat ? demanda Nanette.

Le paysan de l'Escarène très embarrassé, se souvint d'avoir vu, dix ans auparavant, des hommes vêtus de rouge dans des cérémonies religieuses. On lui avait dit que c'était le Sénat ; il ne savait point en donner d'autre définition.

Nanette se garda bien d'intervenir dans le débat qui passionnait si vivement son maître. Cependant, quand les hommes se furent épuisés en discussion, elle s'offrit :

— Je ne suis qu'une femme, dit-elle, mais la ruse et la volonté suppléent au manque de force.

Paiani insistait pour qu'une décision définitive soit prise, toute délibération à l'Escarène étant impossible.

Il était plus de minuit lorsque le petit groupe qui venait de prêter serment se sépara. Nanette et Paiani descendirent la rue de la Croix et soudain la jeune femme, que cette singulière délibération avait émotionnée, demanda :

— Vous êtes donc parmi eux, maître ?

— Appelle-moi citoyen, répondit vivement Paiani. Mais que veux-tu dire ?

Nanette ne répondit pas ; elle poursuivait sur sa main, qu'elle examinait en marchant, embarrassée, la tête penchée, l'explication de l'attitude complexe et audacieuse de son maître.

— On a emprisonné des innocents, dit après un silence le paysan ; il convient qu'ils recouvrent la liberté ; nous nous y employons selon les principes patriotes qui nous enseignent la fraternité. Je ne suis point parmi les Barbets ; je me suis soustrait à la réquisition, il est vrai, mais je n'ai jamais quitté ma maison. J'ai pleuré de joie en accueillant les militaires qui venaient me chercher pour me prendre et je leur ai indiqué l'endroit où ils devaient aller. L'un de mes frères et deux de mes cousins sont des fuyards. Puis-je les trahir ? Ils ont pillé des diligences et maltraité des soldats. Sont-ils moins honnêtes que les militaires qui incendient les fermes, violent les femmes et s'enivrent au nom de la République ? Ceux-ci assassinent et volent durant le jour, et le soir ils s'érigent en juges pour faire pendre ceux qui ont échappé à leurs coups. Le Tribunal militaire qui siège à l'Escarène est plus affreux pour nos pays qu'une année de peste.

— Que Dieu écarte le fléau, murmura Nanette par habitude à ce mot.

— Les barbets sont de vrais militaires ; ils tiennent la campagne et savent mourir. Ils se rient des gardes nationales qu'on envoie pour leur faire la chasse.

Considère enfin, Nanette, ajouta-t-il, que beaucoup d'entre eux sont aux honneurs ; ils se sont imposés à la gloire par leur héroïsme,..

Et se penchait plus près de la jolie paysanne, qu'il tenait au bras pour l'aider à marcher, il conclut à voix basse :

— Sais-tu pourquoi nous avons tant applaudi quand le citoyen Emanuel a rappelé, au repas de la ci-devant église de Saint-François-de-Paule, la conduite glorieuse de Masséna, qui vient de Gênes ? Masséna, ancien adjudant des milices piémontaises, fut, il y a huit ans, un proscrit, il avait le sang chaud et les pillages qu'il fit dans la campagne de Levens dépassèrent tout ce que la rumeur publique, soulevée contre lui, imagina. Les paysans s'étaient révoltés, ils tombèrent sur ses soldats et en tuèrent un grand nombre. Lui-même n'échappa que par miracle,

Nanette hochait la tête. Ce pillard qui avait fait fortune lui apparaissait comme un héros en qui il fallait mettre tous les espoirs. Elle en voyait les traits physiques et se l'imaginait costumé à la façon des réquisitionnaires de l'Estérel avec de larges plaques de cuivre luisantes sur la poitrine et un chapeau à plumes. C'était le vainqueur dont le retour réconcilierait tous les esprits.

Le projet de Bonaparte lui semblait désormais d'une réalisation facile et comme immédiate. Elle songeait au bataillon formé par les anciens barbets et les réquisitionnaires et qui défilerait avec des fanfares éclatantes comme à la fête du Peuple...

— Mais tu ne m'écoutes plus, Nanette, fit tout-à-coup Paiani, que ses confidences sur Masséna avait entrainé à des effusions. A quel amoureux rêves-tu ?

Ils rentrèrent dans une petite auberge, le « Giglio d'Oro », qui se trouvait dans la rue de la Loge, près de l'ancienne « loggia », qui servait à la vente à la criée des objets saisis. Pour sept sols, la nuit, ils avaient deux réduits obscurs, où les lits étaient bons.

— Reste séant demain, Nanette, dit Paiani. Je vais au Cercle ; il y aura grand tumulte.

LES PRISONS DU SÉNAT

Nul n'ignorait à Nice que les barbets emprisonnés s'évadaient. Si l'âme publique se soulevait parfois avec dégoût, en apprenant les horreurs commises par le Tribunal militaire de l'Escarène, on ne voyait pas sans tristesse l'impuissance des autorités à s'emparer des barbets dans les autres localités. Les geôliers étaient à vendre, la charge de concierge de la prison du Sénat rapportait très cher. L'excès même de la corruption avait suggéré à quelques esprits audacieux un trafic fort lucratif. Un barbet venait-il à être pris, des entremetteurs se présentaient en hâte chez les parents et les amis du prisonnier, et moyennant des écus sonnants, ils négociaient l'évasion (1).

Lorsque, au matin, Paiani et Nanette s'attablaient pour leur repas, où dominaient les olives et les poissons, la pluie se mit à tomber. Le ciel était si noir qu'on pouvait prévoir une véritable inondation. Pendant la Fête du Peuple, une ondée soudaine s'était abattue sur la ville, et, depuis lors, le ciel était resté menaçant.

Le matin à quatre heures une immense gerbe de feu avait jailli dans le ciel et l'aubergiste prétendait même que le sol avait été ébranlé au même moment d'une secousse de tremblement

---

(1) E voce pubblica, écrit Buoniffacci, che certi agitatori mediante danaro che ricevono da' parenti dei barbets, si vantano di far liberare dalle carceri ed assolvare dal tribunale i prevenuti di barbettismo. Il Prefetto, mosso da questo che si dice apertamente nel pubblico, ordina ai Maires di denonciare tosto chicchessia reo d'aver estorquito danari col pretesto di liberare i barbets.

de terre (1). La pluie augmentait de minute en minute d'intensité. L'eau jaillissait des toits et bientôt la petite rue en pente ruissela comme un torrent.

Le vent soufflait avec furie dans les passages étroits de la ville blottie et comme tassée sur elle-même pour résister à la tempête.

— Ce doit être terrible dans la montagne, dit Nanette frileuse, mais ce n'est qu'un orage. La route sera meilleure pour rentrer à l'Escarène ce soir.

— Je ne crois pas que vous partiez, dit l'aubergiste.

Paiani était devenu songeur ; il regardait avec une admiration recueillie l'eau ruisseler et envahir l'auberge d'une buée fraîche.

Le palefrenier qui était allé préparer le cabriolet, rentra si bien mouillé que l'eau s'échappait de ses vêtements comme d'une outre percée. Immobile, au milieu de la salle, les bras ballants, essoufflé par la course qu'il avait faite, il annonça que le *traù de li mounega* suait l'eau. Il semblait si désespéré que les assistants partirent d'un grand éclat de rire.

L'aubergiste expliqua le sens de cette expression. L'église de Saint-Augustin s'élève sur un petit monticule, au pied des fortifications de l'ancienne citadelle bâtie par Emmanuel-Philibert. La muraille principale de la forteresse, qui soutient le jardin du ci-devant couvent des Cessolines, est percée d'un trou : le *traou de li mounega*. Lorsque l'eau gicle par cette fissure, c'est signe, entre autres choses, de grandes pluies (2).

La salle sombre, aux voûtes ogivales, se faisait froide. Une sorte de brume flottait autour du palefrenier. On alluma la lampe à huile.

— Maître, nous n'arriverons à l'Escarène qu'à la nuit, dit Nanette, qui grelottait. Nous n'avons pas de manteaux...

(1) Alle quattre ore della mattina fu visto un gran fuoco nel cielo verso ponente, che si divise poi in più parti. Sonosi sentite alle quattro ed alcuni minuti, due scosse di terremoto, la prima più forte a guisa d'un tuono, che fu generalmente sentita da tutti, ed una seconda cinque minuti dopo (Buoniffacci)

(2) Victor Emanuel, Les Rues de Nice, page 26.

— J'y suppléerai, Nanétte, répondit le paysan. Nous sommes venus deux à Nice, nous repartirons trois et même quatre, si la faveur de l'orage et la lâcheté de quelques militaires ensommeillés nous sont propices. La voiture est étroite ; à quatre nous y serons pressés et le froid ne nous importunera pas...

Il se frottait les mains et plaisantait, envahi par une gaieté soudaine.

*
* *

Sous la pluie battante, Nanette et Paiani avaient gagné la rue du Malonat. Arrivés devant une maison d'aspect imposant, aux fenêtres grillées et au balcon artistement ouvragé, Paiani fit placer Nanette dans l'encoignure d'un grand portail d'entrée. La jeune femme se blottit de son mieux dans l'attitude d'une mendiante accroupie.

— Je reviendrait te prendre, fit le paysan ; ici tu es à l'abri ; c'est le *canton dei sarraïn* où les militaires et les patriotes ne viennent pas. Ce vieux palais était aux gouverneurs de Nice ; les républicains le pillèrent. L'endroit est triste, malpropre et propice aux agressions ; tu n'as rien à craindre.

Paiani s'engagea dans la rueile étroite. qui conduit du Malonat au Sénat.

Dans l'atmosphère grise, sous le ciel bas, le paysage formé par le Sénat, les prisons et la chapelle du Saint-Suaire avaient un aspect d'une vétusté et d'une mélancolie singulières.

Paiani entra dans la chapelle abandonnée et par la sacristie monta dans la tribune où les membres du Sénat entendaient chaque matin la messe. L'église était si sombre que le paysan dut appeler à demi-voix pour signaler sa présence. Comme on ne répondait pas il s'engagea dans le petit escalier qui conduit au Sénat.

Des soldats jouaient aux dés dans la grande salle des séances. Depuis l'évasion de Masséna, le général Danselme avait ordonné qu'un détachement militaire gardât les abords de la prison. Cet usage s'était maintenu et de deux heures en deux heures la garde était changée.

Paiani examina avec soin les lieux, dissimulé dans l'escalier. La prison s'ouvrait par plusieurs portes sur un couloir communiquant avec cette salle et dans lequel se tenaient d'ordinaire un ou deux gardiens de la prison. L'ensemble avait cet air misérable et malpropre des bâtisses abandonnées ou livrées à l'habitation d'une multitude.

Le jeu s'était arrêté dans une violente dispute et les soldats se couchaient sur le sol, grognant encore entre eux. Peu à peu le silence se fit. Les militaires étendus sur le dos étaient immobiles. Paiani remonta l'escalier, regagna la chapelle du Saint-Suaire et sortit.

— Il faudra faire preuve de ruse, dit-il, quand il fut revenu près de Nanette. As-tu du courage? Tu es jeune et tu n'ignores pas que l'entreprise est périlleuse. Je t'emploierai à faire le gué, mais à cela tu risques ta vie...

La tempête sévissait ; il semblait que l'air tout entier se fondît ; l'eau tombait comme une masse avec un bruit mélancolique et lourd.

— Je suis votre servante, maître, fit la jeune femme ; mais je n'ai plus de force. Je vous ai révélé que je fus avec les fuyards dans le pays de Brignoles et dans les Maures. Je me suis souvent battue sur les routes et j'ignorais alors ce que c'était que la peur. Je suis partie pour une mission que je croyais pouvoir remplir. Mais maintenant me voilà seule, perdue dans un pays inconnu ; j'ai froid, j'ai peur, je ne suis qu'une femme... Je suis enceinte, et quelque chose de nouveau s'est éveillé en moi et m'a changée... Loin de l'homme que je suivais, je suis lâche. Je souffre ; l'eau, le froid me pénètrent. Je n'ai plus de volonté. Ayez pitié de moi, maître. Que ferais-je avec vous, aussi faible ?

— Ecoute, fit Paiani, j'ai appris par Martin, le geôlier qui délivra mon beau-frère Bessi de Lantosque, qu'un convoi de fuyards avait été conduit ces derniers jours à Nice par le général Guillot. Parmi les prisonniers se trouvent d'ailleurs tous ceux que les gardes-nationales, venues d'au-delà du Var, ont amenés avec eux comme réfractaires.

Nanette songea alors à François. Elle savait que le lendemain du retour des Français, les prisonniers, retenus au port, sur le chaland où elle avait été elle-même conduite, avaient été réintégrés dans leurs prisons.

Un espoir lui vint, la pensée qu'elle pourrait peut-être délivrer à nouveau le compagnon et le rival de son amant, le malheureux François-la-Paille, dont les horribles tortures sur le chaland du port Lympia l'avaient si profondément apitoyée et attendrie.

Peu à peu, à mesure que Paiani lui développait son plan, des forces nouvelles lui venaient. Peut-être des compagnons étaient-ils là près d'elle. Elle allait donc pouvoir en délivrer quelques-uns. Et si l'on ne réussissait qu'à venir en aide à quelques barbets, n'était-ce pas un devoir impérieux pour elle ? Par là, elle se mettait en relation avec des chefs qui devaient négocier avec elle l'alliance attendue.

La grandeur de sa mission lui apparaissait ; elle avait honte de sa faiblesse. Son inactivité était une trahison. Là-bas, dans les forêts de chênes-lièges, dans les terrasses d'oliviers, les Réquisitionnaires attendaient, confiants en elle. Et pendant qu'elle s'abandonnait, fléchissant sous le fardeau de sa grossesse, ses compagnons croyaient en son courage et attendaient leur salut de son audace.

— J'irai, maître, fit la paysanne en se levant.

L'eau ruisselait sur ses épaules ; elle se secoua, et s'engagea derrière Paiani dans la petite rue en pente.

L'ÉVASION

Sous la voûte de la chapelle, la voix de Paiani résonnait ; il expliquait les lieux : Nanette se tiendrait dans l'escalier conduisant de la tribune à la grande salle du Sénat, prête aux événements. Elle ne devait sortir du lieu où elle se tiendrait cachée qu'à l'appel de Paiani.

Nanette s'accroupit tout en haut de l'escalier, sur une marche, et le paysan de l'Escarène se laissa glisser à force de bras jusqu'au sol, le long d'une tige de fer qui soutenait la rampe.

L'obscurité de la salle s'épaississait bien qu'on fut encore au matin. Sur les carreaux des fenêtres grillées, la pluie tambourinait, scandant les longs bourdonnements du vent.

L'heure où l'on relevait la garde était passée depuis longtemps et les soldats s'impatientaient. La mauvaise humeur créée par l'irritation du jeu augmentait, et déjà, le jeune officier qui commandait les patrouilles maugréait à son tour.

Mal nourris, les soldats ne pouvaient supporter de la sorte la suppression du repas du matin. L'officier sortit à plusieurs reprises par le couloir pour surveiller la rue en se plaçant sur le seuil de la grande porte de la prison. On les avait oubliés, à n'en pas douter à la caserne de la place Egalité.

Un soldat envoyé aux informations ne revenait pas. Les réclamations des soldats prenant une intensité inquiétante, le jeune officier décida le départ. La discipline militaire souffrait à cette époque de famine de pareilles infractions (1).

Le moment prévu, l'occasion attendue par Paiani se présentaient. Dès que les soldats furent sortis, il s'engagea dans le couloir qui conduisait aux prisons ; Nanette le suivit. Le geôlier, qui était allé fermer la porte ferrée derrière les soldats aperçut, en se retournant, le paysan et la jeune femme dans le couloir.

Piani s'avanca rapidement vers lui, en assurant son pistolet à la ceinture.

— Conduis-moi, citoyen, dit-il, au cachot où sont les réfractaires que le Tribunal de l'Escarène fit conduire ici il y a tantôt huit jours.

— Qui es-tu? fit le geôlier sur ses gardes, prêt à appeler à l'aide.

— Choisis entre la fortune et la vengeance des Barbets, répondit Paiani. Combien veux-tu pour la délivrance d'un innocent?

— Je ne veux rien, bandit... A moi! cria de toutes ses forces le geôlier qui tirait un pistolet pendu à sa ceinture.

Mais Paiani s'était élancé sur le gardien qu'il tint un instant pressé contre la muraille. Le cri d'appel avait retenti dans le couloir étroit, sans écho. Dans le court silence qui suivit, on entendit les hurlements de la rafale qui s'engouffrait dans la rue.

Sous l'élan de Paiani, le geôlier avait lâché le trousseau de clefs qu'il balançait à sa main. Nanette l'avait en toute hâte ramassé. Et elle s'était jetée aussitôt vers les cachots, ouvrant au hasard toutes les portes. Ses mains menues habituées aux

---

(1) Le commissaire du Directoire exécutif du département des Alpes-Maritimes écrit à cette date (7 fructidor an VIII) au ministre de l'intérieur à Paris : « Nous sommes toujours dans le plus triste état : le régime militaire établi dans ce pays y a presque introduit l'anarchie ; point de police, point de respect pour les personnes, les propriétés et les institutions républicaines.

Notre pauvre armée est toujours dans le plus affreux dénuement ; elle tombe en dissolution ; des pelotons de cinq à six cents à la fois s'en détachent pour aller chercher du pain à l'intérieur.

La discipline est relâchée ; les soldats n'obéissent plus à leurs chefs. La nuée des commissaires de guerre, des employés de tous genres et des généraux des différents grades présentent par l'éclat de leur luxe un spectacle qui contraste de la manière la plus affligeante avec la nudité du pauvre soldat. Si le gouvernement ne se hâte pas de venir au secours de cette pauvre armée et de la débarrasser de tant d'affameurs (sic), en peu de temps, elle n'existera plus. La faim conseille au soldat la désobéissance et la rebellion. »

durs efforts, se crispaient sur les verroux qui grinçaient : les lourdes serrures cédaient facilement sous les clefs. Les portes s'ouvraient sur d'atroces puanteurs ; des hommes couchés grognaient, immobiles.

Nanette allait d'une porte à l'autre, haletante, se haussant sur la pointe des pieds pour atteindre les verroux supérieurs.

Cependant Paiani maintenait de toute sa vigueur de paysan, et de partisan, le gardien qu'il avait pris à la gorge. Il ne pouvait, absorbé par la tension de ses muscles, se rendre compte exactement des actions de Nanette. Mais il entendait son souffle agité et le grincement des serrures.

Aucun prisonnier n'était sorti. Les hommes ne comprenaient point ce qui se jouait autour d'eux ; trois cachots étaient déjà ouverts...

— Mais sortez donc, vous autres, appela Nanette sur le seuil d'une porte. Sortez, vous êtes libres...

Entassés sur la paille pourrie, les prisonniers offraient dans la pénombre de cette matinée d'orage le plus navrant spectacle. Les visages terrifiés de faim et de fièvre se tendaient vers l'air frais qui venait de la porte ouverte. Un jeune homme s'avança sur le seuil ; il avait le bras retenu par un linge sale, entièrement couvert de sang, et d'où s'échappait une odeur de pus. Il s'élança dans le couloir, les yeux fous, d'une seule course jusqu'au fond de la salle où se tenaient auparavant les soldats. Il allait d'une extrémité de la salle à l'autre, courant toujours, cherchant une issue. Tout à coup il s'engagea dans l'escalier et disparut.

Bientôt, dans l'encadrement des portes, des silhouettes d'hommes en haillons se pressèrent. Les visages angoissés se penchaient. Et Nanette appelait, priait les malheureux que la longue misère et la torture de l'immobilité prolongée paralysaient dans cette attitude épouvantée.

— Sortez, suppliait-elle.

Et soudain la barrière invisible tomba. D'un même élan, les prisonniers s'engouffrèrent dans la grande salle du Sénat.

A ce moment, on frappait violemment à la porte de la prison.

La garde arrivait. Paiani lâcha le geôlier qui avait roulé sur le sol, les yeux chavirés. Il gagna l'escalier et, derrière lui, les prisonniers montèrent.

Nanette s'était adossée à la muraille du couloir, et, pour sortir la dernière, elle devait lutter contre la poussée des évadés. Des visages inconnus, également pâles, défilaient devant elle. Brutalement, les hommes la heurtaient et la meurtrissaient. On frappait à coup de crosse à la porte de la prison. Les soldats s'impatientaient sous la pluie.

Les vibrations lourdes de la porte de fer se répercutaient dans le couloir et Nanetre, anxieuse, surveillait le gardien qui gisait près d'elle, les lèvres souillées d'un peu de sang.

Soudain, elle se sentit prise aux genoux d'une étreinte qui l'attirait vers le sol. A ses pieds, une forme humaine, écroulée, hideuse, s'agitait.

— Nanette ! suppliait une voix.

La jeune femme avait pris entre ses mains la tête de Francois La Paille, et elle fut, dans ce geste, immobilisée un instant par l'effroyable expression de souffrance qui se dégageait de ce visage roussi par la barbe, et si décharné, si douloureux, que les yeux brillaient à peine dans leur cavité chassieuse.

— Aie du courage, François, fit Nanette en relevant le supplicié. Te voilà libre ; appuie-toi à mon épaule.

L'émotion qui étreignait François, la peur, la reconnaissance et la douleur physique, lui ôtaient la puissance de marcher. Il se traînait, et ses lèvres semblaient mordre les supplications et les râles douloureux.

Sur l'escalier, il monta assez rapidement accroché à la rampe. Le vent frais qui venait de la porte ouverte le ranimait. Derrière, la sonorité lourde des coups de crosses qui ébranlaient la porte, arrivait, de plus en plus précipitée, comme une menace qui les chassait.

Lorsqu'il furent sur la tribune de la chapelle du St-Suaire, ils étaient seuls. Nanette poussa la porte. A la voûte pendaient de longs voiles de brume qui ondulaient sur les clartés des fenêtres sans vitraux. Un souffle humide courait dans l'air comme au bord d'un gouffre pendant qu'ils descendaient l'escalier rapide disposé en échelle. François s'assit sur la dernière marche. La jeune femme voulut le forcer à se relever. Il y avait un danger grave à rester là. Les militaires allaient se lancer sur la piste des évadés ; ils seraient les premiers arrêtés. Il lui semblait que les escaliers vibraient sous des pas rapides. Elle se leva, des voix résonnaient.

Terrifiée, elle courut à la porte. La pluie tombait toujours, violente, frappant les murs en jets larges que le vent balançait. Comme elle allait s'élancer, obéissant à l'instinct qui la poussait, la voix de François arriva jusqu'à elle.

— Nanette aie pitié de moi.

Le supplicié s'était dressé et tendait les bras vers la porte qui découpait dans l'air sale un rectangle de lumière.

A cet appel, la jeune femme se retourna et revint sur ses pas. Mais François s'affaisait sur le sol ; ses atroces blessures toujours ouvertes malgré les soins grossiers et trop rares de la prison, lui occasionnaient de fréquentes syncopes.

Une invincible pitié attirait la jeune femme vers cette loque humaine, immobile et froide. Agenouillée, Nanette avait pris la tête du fuyard sur son bras et lui parlait comme à un enfant malade. Les mots tremblants tombaient de ses lèvres en murmures chauds, en appels émus, paroles sans signification que les mères seules savent faire vivre. Toute son âme fruste, sa nature de paysanne se penchait dans cet élan de pitié qui l'emportait en elle sur la poussée des instincts de conservation.

Pour aller tremper un mouchoir dans l'eau, elle laissa reposer la tête du blessé sur le sol. A ce mouvement, le bandeau qui serrait le front se teinta de sang nouveau.

Nanette courut vers la porte. Un groupe s'engouffrait dans la chapelle. C'étaient des prisonniers qui avaient aperçu devant la porte de la prison des militaires et qui revenaient en hâte sur leurs pas, violemment aiguillonnés par la peur.

La jeune femme se tenait droite dans la clarté de la lumière versée par la porte. Soudain, elle pâlit affreusement. Un des hommes qui venaient de rentrer se tenait sur le seuil, les yeux hagards, la bouche convulsée.

Nanette tendit les bras.

— Ah ! Jean-Pierre, cria-t-elle, dans un élan fou de joie et de terreur...

Ses doigts se crispèrent ; elle chancela, et avant que Jean-Pierre Pons ait fait un mouvement, sa tête se renversa en arrière et elle tomba comme si une balle l'avait atteinte en pleine poitrine.

AU CHATEAU

L'évasion des prisonniers du Sénat de Nice avait été favorisée par un singulier concours de circonstances.

La pluie qui, pendant trente-six heures, n'avait cessé de tomber, paralysa les poursuites dirigées trop tard contre les évadés (1).

La garde n'avait pu entrer dans la prison ; elle revint à la caserne de la place Egalité. On perdit un temps précieux à essayer de réveiller, en violentant la porte, le gardien que l'on croyait endormi. Le second geôlier, qui reposait dans sa cellule en attendant son heure de service, fut enfin attiré par le vacarme fait par les soldats.

Mais, pendant ce temps, les prisonniers, réfugiés dans la chapelle, s'étaient orientés et ils venaient de partir dans la direction de la ville haute, entraînant avec eux Nanette et François.

Ils parvinrent, par la rue du Malonat, aux premières pentes du Château, et abandonnèrent le chemin qui descendait vers la Marine pour gravir la colline où des taillis commençaient à pousser (2).

(1) Li 17 di questo mese ha piovuto lo spazio di 36 ore senza interruzione, écrit Buoniffaci. La pioggia è stata veemente e temporalesca, mista a grandine piccola con frequenti tuoni et lampi insieme a gagliardissimo vento di Nord-Est.

(2) La rue du Malonat, aujourd'hui sans issue du côté du Château, avait une voie d'accès vers la mer.

Les ruines des remparts et des anciennes fortifications leur offraient un asile provisoire qui paraissait sûr. Ils furent surpris de trouver en haut des groupes de tombes blanches.

Les ouvriers qui construisaient les murs d'enceinte du nouveau cimetière avaient laissé une cabane en bois dans laquelle les évadés se réfugièrent. Ils étaient huit, et se tenaient livides, tremblant sous la froideur de l'eau, secoués de terreur au moindre frémissement.

Nanette et Jean-Pierre s'étaient enlacés et ils se regardaient avidement, n'osant parler, unissant leurs souffles dans une même expression de joie épouvantée. Bientôt, sous la toiture de planches, où les hommes se pressaient, la chaleur devint insupportable ; Nanette alla s'asseoir au bord de la porte. Jean-Pierre la soutenait par la taille et, ainsi unis, ils regardaient, sans mot dire, le glorieux panorama qui se perdait devant eux, à l'infini. A travers le voile épais et mouvant de la pluie, la plaine de Nice s'épanouissait lumineuse et riche malgré l'épaisseur de l'air. L'horizon s'ouvrait ; la mer, au loin, se fondait avec le ciel dans une même éternité de couleurs monotones. Ils avaient comme un vertige après l'horreur du cachot devant cet abîme ouvert où toutes leurs souffrances semblaient vouloir se précipiter à jamais.

Leurs étreintes se faisaient plus chaudes ; un avenir meilleur s'annonçait en cette première minute de liberté. Amoureusement penché sur elle, le paysan de Pourrière regardait sa maîtresse avec cette intensité d'émotion sentimentale qui donne aux yeux une si glorieuse éloquence.

Il la questionnait, maintenant, et au récit de ses souffrances il oubliait son propre supplice, il s'indignait contre la cruauté des Italiens qui l'avaient retenue sur le radeau du port ; il s'intéressait aux militaires républicains qu'elle avait suivis à l'Escarène ; et Paiani lui apparaissait comme un héros, comme le vengeur des réfractaires et le négociateur de demain qui réconcilierait toutes les haines.

Le récit des tortures morales éprouvées par la jeune femme, les mots émus et chauds qu'elle savait trouver pour rendre la conscience qu'elle avait eue de son impatience devant l'accomplissement de sa mission et aussi la narration confuse et embarrassée des souffrances qui lui étaient venues de sa grossesse le touchaient si profondément que des larmes lui mouillèrent les yeux. Nanette s'aperçut qu'il pleurait ; elle lui baisa le front de ses lèvres minces et brûlantes. Cette caresse frissonna sur la peau du jeune paysan qui sursauta.

Et, tout à coup, l'épaisse draperie de la pluie se fendit ; le lourd manteau gris se replia par le milieu et une clarté jaillit, tombant en gerbes ondulées du ciel réapparu. Une accalmie venait ; la côte se dessina devant la mer, violacée au rivage, bleue au large.

Jean-Pierre expliquait à son tour comment les gardes nationales, qui les traquaient, avaient fini, ainsi qu'il fallait s'y attendre, par les prendre, et comment il avait été conduit, avec plusieurs des siens, par la route de Fréjus jusqu'à Nice.

Il avait beaucoup souffert, car les nouvelles recrues, composées en grande partie d'anciens réfractaires, cherchaient, par un excès de zèle, à faire oublier leurs premiers errements. Son admirable constitution de paysan avait résisté à des souffrances physiques auxquelles il était depuis longtemps accoutumé. En revanche, l'appréhension du jugement l'épouvantait ; la pensée de la Justice, des interrogatoires et des luttes d'esprit avec d'autres hommes obsédait ses rêves la nuit et torturait sa pensée le jour. Souverainement brave, de ce courage aveugle qui donnait à son front le pli de l'entêtement, il redoutait par instinct, par timidité douloureuse, la nécessité de se justifier. Sa haine ardente des militaires, faite du goût de la liberté et du besoin d'excuser la satisfaction donnée à d'obscurs instincts de pillage, cette aversion qui lui blémissait les joues à la vue des uniformes s'était singulièrement accrue et déformée en lui. Ce n'était plus l'attachement au sol natal qui le retenait, la peur de la terre étrangère qui lie invinciblement l'homme des champs à la terre où il est né, c'était la volonté désormais réfléchie et consciente de lutter contre l'ordre établi par les hommes, c'était la révolte de son esprit, de ses sens et de ses muscles contre tout ce qui est la Force. La sensibilité de Nanette se heurtait à la violence de cet esprit lancé désormais en pleine anarchie.

Jean-Pierre s'attendrissait auprès de la jolie fille, son âme semblait se fondre sous les caresses des mots quelle savait si délicieusement trouver pour rendre l'émoi de son cœur et de sa chair aux heures de détresse. Mais il restait dur, avec d'étranges reflets dans ses yeux ardents lorsque Nanette entrevoyait le retour à la forêt de chênes-lièges et aux oliveraies où ils s'étaient connus pour la première fois.

La jeune femme eut conscience du changement qui s'était fait dans l'esprit de son amant, mais à cette heure douloureuse, qui les traquait comme des bêtes fauves, elle l'aima davantage encore. Il revenait plus ardent, grandi par la sauvagerie de sa nature, tandis qu'elle s'était amollie au contact des patriotes et sous la poussée généreuse de sa première maternité. Elle serra plus fort le cou de son ami, et, de nouveau, comme les soirs d'attente dans les forêts de chênes, elle lui dit son amour, la passion tenace qui l'enchaînait à lui.

— Comme tu es brave, Jean-Pierrre, quand il y a du danger autour de toi. Ta barbe se fait rude, tes yeux sont plus noirs, tu es fort. Et tu as tant souffert... Espérais-tu me trouver en venant à Nice ? Ecoute, nous serons, demain, si la Vierge le permet, au village de l'Escarène. Les Barbets qui sont avec nous nous conduiront près des bandes de la Roquette et d'Aspremont... On traitera avec nous ; et nous reviendrons à Pourrières pour la naissance de notre enfant, ce sera comme si tu avais été à l'armée. Mais oui, Jean-Pierre, Paiani ne m'a-t-il pas dit que Masséna, de Levens, qui est général, fut des leurs ? Il fut emprisonné dans le même cachot que toi comme barbet. Comme toi, il s'évada et on lui donna un régiment quand il offrit de se soumettre...

Nous nous marierons à Notre-Dame d'Entraunes. Je suis si lasse, Jean-Pierre ; je n'ai plus de forces. Mais je t'aime...»

Sans qu'ils y prissent garde, une ombre s'était glissée auprès d'eux. François La Paille se tenait debout, le dos au jour. Sa veste en lambeaux, déchirée sur la poitrine laissait voir la peau velue, et ses culottes avaient de larges plaies béantes. Il tenait la tête penchée sous le poids des bandeaux qui l'enveloppaient.

Les yeux de Jean-Pierre étaient devenus haineux ; ses sourcils s'arquèrent ; il détourna la tête. Un flot de colère lui montait du cœur aux lèvres.

Cette apparition réveillait en lui de sourdes haines. Chaque fois que le bonheur lui avait souri, cet homme s'était ainsi dressé pour ricaner à son émotion et surveiller sa joie. Après avoir été son rival odieux dans la bande des réquisitionnaires et auprès de Nanette, il était encore là dans le malheur pour l'épier et le trahir peut-être. Il se souvenait que c'était lui qui l'avait accuellli dans la bande dont il était devenu le chef et qui lui avait donné le fusil au canon d'argent que Nanette avait pris. Il voyait encore sa jolie maîtresse couchée dans la masure abandonnée où elle s'était enfuie après l'attentat commis contre elle à la bastide de Micoreou. Elle n'avait échappé que par miracle à la mort. Et c'était encore lui qu'il trouvait dans les bras de Nanette en sortant de la prison. C'était peut-être pour lui qu'elle était venue et qu'elle avait réussi à ouvrir les portes des cachots. Elle l'aimait peut-être. Est-ce que les femmes ne s'attachent pas à ceux qui les torturent et à ceux qui inspirent la pitié ? Elle aimait cet homme qui, enveloppé de bandeaux sanglants, se penchait vers eux avec un sourire hébété et douloureux...

Ce fut une révélation soudaine, il se sentit pris au cœur d'une morsure qui le fit pâlir. Il se dégagea de l'étreinte de Nanette...

Cependant, François s'était agenouillé :

— Jean-Pierre, disait-il, c'est elle qui nous a sauvés ; elle a donné deux fois sa vie pour moi qui ai été si lâche envers elle. Je ne vivrai pas, frère ; j'ai souffert comme un damné, j'ai plus perdu de sang que Jésus notre Sauveur... C'est bien que tu sois là pour la prendre et la sauver à ton tour. Si je vivais, je serais votre esclave, votre chien à tous les deux. Mais je ne peux aller plus loin ; pardonne-moi, Jean-Pierre...

Il penchait vers le jeune paysan son corps décharné, d'où se dégageait une buée chaude faite par la pluie.

La souffrance tordait ses muscles, convulsait ses membres. Il semblait fumer par quelque terrible feu d'enfer.

— Pardonne-moi, frère, suppliait-il, les yeux hagards, les mains tremblantes.

Jean-Pierre le regardait, immobile ; un pli coupait son front. Les veines de ses tempes se gonflèrent.

— Pardonne-moi, répétait François, appuyé aux planches, chancelant comme s'il allait tomber.

Soudain Nanette se leva. Une pâleur de mort, aux reflets de nacre et d'or, gagnait les joues du blessé. Elle le prit à bras-le-corps.

— François, cria-t-elle, ne meurs pas. Je suis là, sois fort...

Jean-Pierre s'était levé à son tour. Il prit François par le bras et le conduisit dehors.

— Va-t-en, dit-il, la voix tremblante, va-t'en...

Sous la voûte basse que faisait la pluie drue dans l'horizon infini, François disparut bientôt. Il dévalait la pente abrupte. Bientôt on ne vit plus que sa tête, et la monstrueuse draperie de vapeur grise que le vent secouait sur l'abîme de la mer se déchira dans la cassure éblouissante d'un éclair.

LES F∴ M∴

Cependant, l'alarme avait été donnée à la Maison Commune. Dès que les militaires eurent pénétré dans la prison du Sénat, le geôlier Torrini courut prévenir le président du Conseil de Ville de l'assassinat de son collègue et de l'évasion des Barbets.

La Municipalité fut convoquée en hâte. On déplorait la mort tragique d'un excellent serviteur de la République, mais on redoutait surtout la colère du général Garnier, l'impitoyable soudard, presque illettré, qui avait tenu Nice pendant deux ans et demi dans la terreur de l'état de siège levé depuis huit jours à peine.

Une circulaire fut aussitôt rédigée et adressée au général, à Nice, et aux Consuls, à Paris.

Le geôlier des prisons vient de nous annoncer dans l'instant l'évasion de quatorze détenus réquisitionnaires et barbets, qui ont assassiné le gardien Cougnet. Nous croyons de notre devoir de vous prévenir pour que vous preniez les dispositions que vous jugerez à propos.

Les administrateurs composant le Conseil de ville : Balmoussière Chartroux, président, Joseph Jaume, Jean-François Hancy, François Durante, Jean-Baptiste Sauvaigo, André Girard, Vincent Guigo, Bernardin Clerissi, Davin, Rancher, Louis Saint-Pierre, Jean-François Escoffier, Augustin Pierrugues, Goiran, Senat aîné, Victor Sasserno, Dives, Philippe Masséna, David Moyse, Maurel.

Et le même soir, le Conseil qui siégeait en permanence, rédigea le document suivant :

La Municipalité de Nice au général Garnier,
commandant des Alpes-Maritimes.

Nous avons de suite envoyé un juge de paix, assisté d'un officier municipal à la prison du Sénat ; ils nous ont certifié à leur retour l'évasion de quatorze détenus et la mort du gardien Cougnet, qu'ils ont fait constater par un procès-verbal.

Le juge de paix continuera le procès-verbal contre le geôlier Torrini, que nous avons fait mettre en état d'arrestation.

Nous nous empressons, citoyen général, de vous informer de cet événement afin que vous puissiez prendre les dispositions qui vous paraîtront convenables.

Le juge de paix qui a procédé à ce procès-verbal est le citoyen Rossetti.

Un détachement entier fut mis sur pied pour poursuivre les évadés. On fouilla la ville de fond en comble ; ce fut l'occasion de nouvelles visites domiciliaires chez les citoyens suspects.

Le général Garnier ne répondit pas à la lettre de la municipalité et on pût craindre de sa part les pires excès.

*
* *

A la nouvelle des graves événements qui venaient de se dérouler, les cinq Lumières des Loges de Nice décidèrent de transformer en tenue extraordinaire la séance qui devait avoir lieu ce soir-là. Les Loges formaient une puissante organisation qui concentrait toute la vitalité des anciens Clubs fermés récemment. Les sans-culottes, les républicains, les prêtres constitutionnels, tous les hommes de la Révolution s'étaient fait initier en masse.

La Loge *Ardente Lumière* était installée dans la rue des Fruits, à laquelle la Révolution avait enlevé son pittoresque nom de rue des Voûtes.

Le passage qui part du Château pour aboutir à Ste-Réparate était couvert de larges voûtes réunissant les maisons les unes aux autres.

Il y faisait obscur à toute heure du jour. (1)

(1) La rue des Voûtes s'appelait autrefois : « Carriera Escura ».

Une porte basse donnait accès dans un couloir voûté, au bout duquel brillait la flamme d'une mèche d'huile. Par un escalier en vis, par de tortueux corridors, par l'arrière-boutique d'un marchand de vin, on atteignait, à travers des tonneaux vides et des caisses béantes, la longue salle des séances. C'était une sorte de chapelle au ciel ogival, comme dans la plupart des vieux édifices liguriens. Bien que la réunion ne fût annoncée que pour dix heures, la salle à neuf heures était déjà pleine de F.·. qui conversaient. Les rubans de moire blanche ou bleue, selon les grades, les tabliers blancs ou constellés de broderies emblématiques décoraient les poitrines et les ventres. L'atmosphère ardente dans la lueur fumeuse des lampes s'emplissait d'odeurs de graisse et de vin.

Sur le seuil, l'ancien commissaire François Paulian, alors adjoint au maire, s'entretenait avec Ugo, l'administrateur municipal, et Berthoud, qui, successivement, l'avaient remplacés, pour faire place à Chabaud, l'ami des émigrés.

Joseph Lanteri, fils d'un notaire de Guillaume, Oberti J.-B. (de Perinaldo), l'ex-prêtre Jean Scuderi, l'entouraient. Dénoncés récemment par la nouvelle administration municipale, ils sollicitaient l'ancien commmissaire, toujours très influent.

Mais le Vénérable avait pris place à l'Orient; les voix s'étouffaient. Le boulanger Chiais, énorme, suant, arrivait et précipitait à l'entrée les pas rituels avant de s'asseoir à sa chaise de premier surveillant. Rangés le long des murs, sur plusieurs rangs, les apprentis à droite de l'Orient, sous la colonne J, les compagnons à gauche, sous la colonne B, les libres maçons se balançaient en silence pendant que le vénérable ouvrait les travaux.

Les surveillants venaient de reconnaître, selon le rite écossais, tous les assistants de leur colonne, lorsqu'on frappa à la porte. Il fallut suspendre la séance pour introduire le frère que l'architecte Audibert annonça, en l'absence du dignitaire chargé de la porte. Le retardataire qui avait parcouru les couloirs tortueux dans la plus complète obscurité, cligna des yeux sous le feu des lampes.

— Le frère Paiani, de l'Escarène, annonça Audibert en agitant son glaive.

Paiani s'arrêta une minute, « à l'ordre », devant la porte. Sa robuste main tremblait sous le menton.

Sa veste, fripée par la pluie, et ses culottes boueuses lui donnaient un air minable. L'assistance grogna ; on ne l'aimait pas, il était sournois ; c'était un paysan pour lesquels les sans-culottes citadins avaient du mépris.

Quand il eut salué l'Orient et les deux surveillants, il vint s'effondrer sur le banc des compagnons. Il était harassé. Il penchait sa tête sur ses genoux et resta ainsi comme sous le faix de quelque terreur ou d'une honte.

Mais le frère orateur, debout, les mains tendues vers l'assistance, emplissait la salle de sa voix.

— Républicains, clamait l'orateur, l'Architecte de l'Univers a droit à notre première pensée. Il n'a pas créé les rois pour dévorer l'espèce humaine, il n'a pas créé les prêtres pour nous atteler, tels de vils animaux, aux chars des rois et pour donner au monde l'exemple de la bassesse, de l'orgueil, de la perfidie, de l'avarice, de la débauche et du mensonge, mais il a créé l'univers pour publier sa puissance, il a créé les hommes pour s'aider, pour s'aimer mutuellement et pour arriver au bonheur par la route de la vertu.

« C'est lui qui place dans le sein de l'oppresseur triomphant, le remords, et dans le cœur de l'innocent opprimé, le calme et la fierté ; c'est lui qui force l'homme juste à trahir le méchant et le méchant à respecter l'homme juste ; c'est lui qui orne de pudeur le front de la beauté pour l'embellir encore ; c'est lui qui fait palpiter les entrailles maternelles de tendresse et de joie ; c'est lui qui baigne de larmes les yeux du fils pressé contre le sein de sa mère ; c'est lui qui fait taire les passions les plus impérieuses devant les serments sacrés qui lient les Libres Maçons ; c'est lui qui a couvert la nature de charmes, de richesses et de majesté et qui a donné à notre Ordre la gloire et la puissance... »

Dans son habit olive rapé, l'orateur s'agitait comme s'il avait été encore dans une soutane de bure flottante. Ses gestes agiles attestaient le plafond et l'étoile symbolique de plâtre doré, ses mains dressées bravaient les trois lumières rituelles, l'autel du vénérable à l'Orient, les autels des surveillants à l'Occident, les emblèmes astronomiques brodés aux bandoulières de moire sur tous les cœurs.

L'apostrophe au Sublime Architecte se terminait en voix de fausset :

— La haine de l'hypocrisie et de la tyrannie brûle dans nos cœurs... Notre sang coule pour la cause de l'humanité... A moi, frères, pour le triple salut et l'invocation solennelle :

> Avant de déposer nos glaives triomphants,
> Jurons d'anéantir le crime et les tyrans.

D'un même élan, les F.·. projetèrent en avant le glaive à lame onduleuse. On entendit ensuite le rythme dur des mains qui applaudissaient avec méthode, et les conversations reprirent dans un chuchotement précipité de salle d'école.

On n'avait que faire des lamentations religieuses de l'orateur. Des questions brûlantes couraient de voix à voix, emplissaient la salle, et gagnaient enfin l'Orient où le Vénérable, enseveli sous ses insignes, rendait compte presque à voix basse, dans l'indifférence publique, d'une mission qu'il avait remplie.

Enfin, François Paulian se leva. Le silence se fit dans l'immobilité soudaine des corps. Paiani, qui avait suivi machinalement, les gestes rituels sans adresser la parole à personne, pâlit affreusement dès les premières paroles du F.·.

— Un crime affreux, clamait Paulian, a été commis ce matin, dans notre ville. Une main criminelle a tué un gardien de la prison et a délivré des assassins de profession. L'auteur de cet attentat qui n'échappera pas aux rigueurs de la Loi est en fuite. Notre ville rendue responsable de ce malheur, supporte déjà la colère du citoyen général commandant le département.

François Paulian avait vu le général Garnier ; son irritation était extrême. Il la dépeignait en terme enflés. Le frisson de peur qui agitait les bourgeois patriotes s'accentua, vibra sous la voûte étoilée en protestations de civisme et en menaces.

Les poings s'agitaient. Paiani crut les voir dirigés contre lui ; les épées ondulées frappaient le carreau, il crut qu'elle le menaçaient. L'indignation des citoyens l'entourait, le dominait. Ses dents se serrèrent, il voulut lever la tête, il ne put pas ; un flot de sang l'aveugla, ses paupières clignotaient. Il se sentit perdu.

Il avait pénétré par ruse dans cette association de républicains. Pour donner un gage de son civisme, il avait dénoncé un de ses frères qui cachait un prêtre réfractaire. On savait qu'il avait pris part au sac de l'église de l'Escarère. Il avait porté à la poitrine des hosties consacrées en guise de cocarde et il avait fait mangé un porc dans un ciboire.

Les mots d'assassin et de traître qui revenaient à chaque instant dans le discours de François Paulian, l'accablaient comme des coups ; il pliait l'échine. Une honte souveraine lui venait de sa lacheté. Au milieu de ces citoyens généreux et purs, qui s'affranchissaient des laideurs de la vie par le culte admirable de la pensée libre, il se sentait atrocement vil.

La chaleur extrême de la salle augmentait son trouble ; il s'aperçut que ses mains étaient moites ; son visage était baigné de sueur.

Mais le boulanger Chiais s'élevait contre les horreurs de l'Entrepôt (1).

— L'entassement d'une trop grande quantité d'individus renfermés dans des cachots étroits apporte une odeur affreuse, disait-il. Les prisonniers respirent les miasmes putrides qui s'exhalent d'une sorte de litière de paille semblable à celle que l'on voit dans les écuries mal tenues. Cette paille putréfiée, pourrie par le temps, s'est transformée en fumier.

Le visage enflammé, le boulanger frappait sur l'Autel placé devant lui. Les candélabres et le marteau sursautèrent

Mais la pitié généreuse du boulanger venait mal dans l'affolement de l'assemblée. Des protestations s'élevèrent. Le général Garnier avait juré de se venger sur les habitants de l'affront

(1) L' « Entrepôt » était le nom que les Sans-Culottes, les purs républicains, donnaient à la prison principale de Nice.
Toselli. Précis historique, 2ᵉ partie, tome I, page 283.

fait aux militaires par l'enlèvement des prisonniers. Il fallait à tout prix découvrir et dénoncer le coupable.

Le nom du geôlier Torrini fut prononcé. Des clameurs jaillirent.

Paulian révela que Torrini avait été arrêté. En phrases ardentes, il dénonça la corruption des geôliers et la honte qui en rejaillissait sur tous les citoyens. Il demandá qu'un exemple désisif soit donné au peuple.

Toute la salle debout hurlait, on vouait à la mort le misérable, le traître qui allait ramener sur la ville les horreurs de l'état de siège.

Dans le tumulle, Paiani écroulé, ne percevait plus que l'étourdissante rumeur qui roulait autour de lui. Les imprécations des maçons l'assaillaient, il se cramponna au pommeau de l'épée, qu'il tenait entre ses jambes.

Le vénérable s'était levé. Dominant le vacarme, sa voix clamait :

Considérant...

Puis, comme si cet effort l'avait épuisé, il laissait tomber dans le collier vert qui lui enveloppait la poitrine, toute la phrase. Et, de nouveau, l'on entendait, comme un appel dominant la tempête :

— Considérant :

Les F.·. M.·. flétrissaient la corruption générale et vouaient au glaive le meurtrier Torrini, citoyen parjure...

Et soudain, comme les libres maçons prononçaient sur les glaives tendus le mot décisif :

— Qu'il meure !...

Paiani s'élança. Devant le triangle placé au milieu de la loge, l'épée sur la Bible ouverte, face à l'Orient, le paysan de l'Escarène cria :

— C'est moi qui ai tué le gardien et qui ai délivré les prisonniers.

Les glaives battirent le carreau. Et dans le silence de la Loge, Paiani avoua son crime. Il parlait avec passion, les mains tremblantes, le visage convulsé. Son langage grossier et subtil à la fois de paysan était hâché de hoquets...

LE RETOUR

Le lendemain, Paiani fut conduit à l'ancien couvent des Jésuites, annexé à l'église du Jésus, qui venait d'être transformée en prison.

Les Maîtres maçons, réunis en séance extraordinaire dans la Loge où étaient simulés des éboulis de roche, avaient condamné le paysan de l'Escarène. L'ardente apologie de son crime qu'il avait prononcée devant la tenue des apprentis avait ému quelques patriotes sincères. Mais la majorité des maçons lui était hostile. Le serment qui le liait à l'Universelle Fraternité fut solennellement rompu, et le Frère, traître à la République, fut dénoncé à l'autorité militaire.

Le fait était sans précédent ; les liens qui unissaient les Libres Maçons ne s'étaient jamais brisés même aux heures redoutables de la Terreur. Il avait fallu l'émotion féroce de la peur pour faire de ces bourgeois bavards et mystiques des justiciers impitoyables.

Le général Garnier s'agitait pour donner à la chasse faite aux barbets toute l'ampleur et la vigueur nécessaires. Une battue générale était faite dans la montagne. L'arrestation de Paiani orienta les recherches dans une voie nouvelle. L'Escarène devint le centre des expéditions faites dans la campagne.

Cependant, les évadés, privés de leur guide, s'étaient dirigés, sur les conseils de Nanette, par Drap et Contes vers le bourg que des troupes nouvelles venaient d'occuper. La jeune femme était allée à l'auberge chercher son maître. Elle apprit qu'il était venu dans la soirée de l'évasion changer ses vêtements et, depuis lors, il n'avait point reparu. Elle pensa qu'il avait gagné en toute hâte l'Escarène.

Jean-Pierre l'attendait avec quelques compagnons dans une oliveraie au bord de la route. La maison abandonnée où il se tenait lui rappelait les abris dans lesquels il avait passé des journées entières d'attente parmi les oliviers solitaires. Le sol détrempé sentait bon la pluie répandue et l'écorce ouverte. Le soleil s'épanouissait dans l'air admirablement pur et comme savoureux au palais. Jean-Pierre Pons goûtait la joie d'être libre avec l'appréhension qu'on éprouve dans le danger sur une terre inconnue. Il se sentait mal à l'aise dans ce pays nouveau ; sa hardiesse extrême tombait. Il voulut s'orienter et n'y parvint pas. L'horizon se découvrait peu à peu sous la pluie de soleil. Le jeune bandit se vit, ainsi désarmé, à la merci de la première alerte ; il eut peur.

Quand Nanette arriva, Jean-Pierre était seul ; les réquisitionnaires qui le suivaient venaient de l'abandonner pour s'engager derrière les barbets qui, sûrs des lieux, et sentant le danger, prenaient hardiment la montagne.

L'ancien chef des réquisitionnaires de l'Estérel avait voulu s'informer de sa mission auprès des barbets que le hasard lui faisait rencontrer. Mais il s'était heurté à une difficulté souveraine : la différence des langues. Les bandits des Alpes parlaient un dialecte inconnu des réquisitionnaires. Et l'un deux, qui entendait le français, haussa les épaules au projet de Jean-Pierre. Il ne s'agissait pas de s'organiser à l'heure présente, mais de fuir. Les bandes disloquées ne se reformeraient jamais, car la plupart des chefs des milices piémontaises avaient été pendus ou fusillés.

Epouvanté de se sentir ainsi perdu et seul, dans une contrée où régnait l'état de siège, le jeune brigand ne souffrit point que sa maîtresse prît du repos. Il fallait fuir ; il l'entraîna vers les ruines de Châteauneuf, où la bande des évadés s'était dirigée.

Ils traversèrent le Paillon, très grossi, sur une passerelle en bois, en aval de Drap. Comme ils s'engageaient sur les premières pentes raides, ils aperçurent une patrouille qui battait les roseaux le long du fleuve. Les soldats cachés dans les hautes plantes, le fusil au bras, avaient débouché soudain.

Jean-Pierre s'élança. Un soldat cria : la sommation retentit comme un appel ; et, au moment où l'écho la répétait, une détonation éclata. Le jeune paysan s'abattit sur le sol. Un second coup de feu partit dans la direction du fuyard, qui venait de tomber. Les soldats, craignant de se trouver en présence d'un groupe armé, se tenaient sur leurs gardes. Quand, enfin, il accoururent vers le blessé, Nanette l'avait embrassé, prosternée sur la terre boueuse. Elle se releva sous la morsure des doigts serrés qui meurtrissaient sa chair. Un éclair de rage inonda de sang son visage ; elle allait s'élancer, mais les cris de douleur de son amant qu'on relevait l'arrêtèrent. Elle éprouvait un besoin violent de tuer ; une poussée de désespoir la jetait sur les militaires.

Solidement garrotté, malgré sa blessure à la cuisse qui le paralysait, Jean-Pierre fut hissé sur les épaules de quatre soldats. Nanette, les mains liées, suivait. Le blessé portait encore au col le carré de toile blanche où son numéro de prison était cousu en rouge. La patrouille avait donné l'alarme dans la vallée en déchargeant les fusils par deux salves. Bientôt un important détachement se déployait sur la pente de Châteauneuf.

Le retour de Jean-Pierre à Nice fut l'occasion d'une manifestation de joie populaire. Un cortège se forma derrière les soldats qui portaient le blessé à l'infirmerie de la prison. De jeunes patriotes secouaient des bonnets républicains au bout de longs bâtons. La ville entière applaudit à l'heureuse capture qui détournait d'elle l'orage près d'éclater. La paix, enfin ramenée après tant d'années d'horreur, avait failli être troublée par l'évasion de ce groupe de bandits. Tous souhaitaient le châtiment définitif, qui consacrerait le retour de l'ordre et de l'autorité après les temps odieux de troubles et de corruption.

Sur la place Egalité, le cortège s'arrêta. Les soldats épuisés de fatigue, voulurent forcer le blessé à marcher. Quand on le déposa sur le pavé, il cria sous la douleur et s'affaissa. La foule hurlait, et les militaires grisés par ces acclamations, frappèrent le malheureux, dont la blessure saigna abondamment. Comme les crosses de fusil s'abattaient sur les épaules de Jean-Pierre, un éclat de rire roula. La voix sonnait, joyeuse, hurlante, dans un accès fou qui dominait les voix et forçait l'attention. Le rieur s'approcha et se pencha vers le malheureux que l'on relevait. Sa gaîté insulta le prisonnier sur son visage, éclata avec force sur son souffle même. Et soudain le rire s'arrêta net.

— Va-t'en, cria la même voix... va-t'en...

C'était François-la-Paille, hideux, sanglant, le front débarrassé de ses bandeaux, qui offrait au soleil les plaies puantes de son crâne. La barbe envahissait le visage, gagnait les joues jusqu'aux yeux, et la bouche s'ouvrait, sur cette face de chien, en un rictus douloureux et laid. C'était François, dont les blessures toujours ouvertes révoltaient, par leur aspect et leur atroce odeur, le dévouement des femmes et la pitié des chirurgiens. Il rôdait depuis deux jours dans la ville, arrêté à chaque instant et relâché aussitôt avec dégoût. Chassé du cimetière du Château par Jean-Pierre, il avait couru sous la pluie jusqu'au bout de ses forces. Il avait passé la nuit couché dans la boue, dans les quartiers extérieurs, près de l'embouchure du Paillon. Une fièvre intense agitait son corps, et l'on pouvait attribuer à une crise de délire l'incohérence de ses paroles et de ses gestes.

Il se penchait sur Jean-Pierre en suivant les soldats qui repartaient, et il répétait l'imprécation qui l'avait chassé du cimetière :

— Va-t'en... va-t'en...

Il essaya de frapper le blessé ; il s'agitait, secoué par la folie qui le gagnait. Parfois, il se reprenait à rire.

Les militaires s'arrêtèrent dans la rue de l'Indivisibilité (rue Saint-François-de-Paule), devant la maison où l'on hospitalisait les soldats blessés. Mais les gardiens refusèrent de recevoir le bandit, qui devait être conduit au local annexé à l'église du Jésus pour l'infirmerie des prisonniers.

Nanette dut subir l'effroyable supplice de cette course à travers la ville, au milieu d'une foule surexcitée qui l'injuriait. La folie de François l'épouvantait. Il s'accrochait à elle, et la suppliait avec des mots incohérents. Elle suivait les militaires, si douloureuse au milieu du vacarme qui l'entourait, que des vertiges lui passaient devant les yeux.

Quand, enfin, on s'empara de François pour le ligoter, il eut une crise terrible de folie. Il appelait Nanette en gesticulant ; ses yeux se rougissaient de sang, il mordait les poignets des hommes qui le portaient. Après près de deux mois de souffrances inouïes, il finissait dans la folie, enfer suprême des désespérés.

Et Jean-Pierre et sa maitresse, vaincus, pliés sous l'orage d'imprécations qui les enveloppait, pénétraient dans l'infirmerie des détenus, terrassés tous les deux par la souffrance physique et la honte.

Dès qu'on eut établi l'identité de l'évadé de la prison du Sénat, on voulut éloigner Nanette. On délia ses mains ; mais elle se débattait contre les soldats qui l'entraînaient :

— C'est moi qui l'ai délivré, criait-elle. Je suis sa femme. J'étais avec lui dans les bois et j'ai tiré sur les militaires... j'ai tué plus d'hommes que lui...

Les soldats hésitaient, interdits. Mais un officier s'approcha, la douleur de la jeune femme l'émut, sa grossesse s'accusait, infiniment pitoyable, dans les convulsions du corps.

— Emmenez-là, ordonna-t-il.

Elle s'agenouilla, et, les mains tremblantes, elle pria qu'on la laissât avec le blessé. Elle voulait mourir avec lui...

— Emmenez-là, insista l'officier.

Les soldats la poussèrent dehors.

Jean-Pierre était resté silencieux depuis son arrestation. La peur et une rage sourde le dominaient autant que la douleur de sa blessure depuis qu'il avait aperçu François sur la place Egalité.

Comme Nanette sortait, on apporta dans la salle un brancard sur lequel était encore un des évadés.

Dehors, dans la rue, la foule poussait par instants de longues acclamations, saluant l'arrivée des prisonniers évadés, qui, presque tous étaient blessés.

LA GUILLOTINE

La municipalité de Nice ne se souciait pas d'instruire le procès des réquisitionnaires. La paix revenait enfin dans le pays épuisé par dix ans d'invasion, d'état de siège et de guerre civile.

La vie économique reprenait ; l'ordre régnait ; la République. lasse des convulsions passées, acceptait avec joie le maître que le hasard d'un coup d'Etat lui imposait.

A Nice, les longues luttes contre les barbets semblaient finies ; les derniers brigands se trouvaient refoulés dans la montagne. La loi triomphait définitivent avec l'arrestation des évadés de la prison du Sénat.

Dès le surlendemain, un premier interrogatoire permit de grouper à peu près tous les fuyards, bandits, réfractaires et réquisitionnaires, que les gardes nationales avaient ramassés sur les grandes routes de la province voisine.

Les barbets furent transférés à la prison du Jésus et la municipalité fit de pressantes démarches auprès du Tribunal spécial des Alpes-Maritimes pour que le procès de ces brigands fût indéfiniment retardé. Il importait de ne point agiter l'opinion publique par le spectacle d'un jugement retentissant qui ne pouvait manquer de se terminer par un grand nombre d'exécutions capitales.

Les réquisitionnaires, au nombre de dix-neuf, furent dirigés, sous escorte militaire, sur Draguignan. Les autorités ne prirent point soin d'aviser la justice du Var ; elles craignaient, de la part de ce département, sinon un refus, du moins de longues formalités qui eussent entravé son œuvre d'apaisement immédiat.

On conçoit l'accueil que les réquisitionnaires trouvèrent à leur arrivée à Draguignan. Le commissaire du gouvernement près les Tribunaux criminel et spécial, refusa de recevoir la lettre que l'officier qui commandait le détachement d'escorte lui remit de la part de son collègue des Alpes-Maritimes. Il prévint le préfet Fauchet. Celui-ci s'adressa au juge Pissin-Barnal, faisant fonctions de président du Tribunal, en le priant d'aviser. La municipalité ne cacha point son mécontentement de l'arrivée inopinée de ces bandits, dont le procès allait réveiller des passions terribles, difficilement contraintes par l'énergie d'une répression militaire, trop souvent sanglante, toujours injuste.

Il fallut plus d'un an pour instruire le procès des réquisitionnaires. La gloire militaire de la République et du Consulat avait soulevé des colères patriotiques et comme une fougue de conquête dans la population qui demandait les peines les plus sévères contre les fuyards traîtres à la Patrie. Le féroce général Guillot, qui avait organisé la chasse aux réfractaires, se remit en campagne et les prisons ne tardèrent pas à se peupler à nouveau de paysans souçonnés d'avoir désobéi aux appels de la conscription ou simplement d'avoir favorisé la fuite des réquisitionnaires. Maladroits et têtus, ils se trahissaient mutuellement par lâcheté, par haine ou par peur et les dénonciations se multipliaient ; tout le pays se soulevait dans un effroyable élan de luttes intestines où le père et le fils, les frères entre eux, se vendaient comme au jour de la Terreur.

Le Tribunal ne prononçait d'autres peines que des condamnations à mort, mais il fallait surseoir aux exécutions pour entendre les dénonciations que les condamnés faisaient chaque jour, les égrenant peu à peu pour retarder encore l'heure fatale de la guillotine.

Les frères d'armes qui pendant huit ans avaient combattu côte à côte, prêts à donner leur vie l'un pour l'autre, s'entredéchiraient maintenant dans des confrontations effroyables. Et Jean-Pierre, plus lâche que tous, vendait ceux qui l'avaient choisi comme chef, livrait les paysans qui l'avait hébergé, dénonçait les femmes qui avaient soigné les blessés et se montrait plus ardent à la délation, plus vil devant la peur de mourir qu'aucun des condamnés.

On pendait chaque jour dans la bonne ville épouvantée et frémissante de ces orgies de sang. Peu à peu, la prison se vidait. Jean-Pierre resta seul.

*
* *

Nanette, chassée de la prison à Nice, avait retrouvé, sur la place Egalité, François-la-Paille, gesticulant parmi la foule amusée et apitoyée. Elle était restée auprès de lui, ne sachant où aller dans cette ville où tout lui paraissait énorme, fièvreux, comme dans un rêve. Le pauvre fou était pour elle tout ce qui lui restait du passé.

Le contact de cette âme perdue qui s'affolait à la moindre sensation, lui était souverainement douloureux. Elle se faisait silencieuse et douce auprès de lui dans ses plus terribles crises comme auprès d'une chose inconsciente, comme auprès d'un arbre que la tempête secouerait.

Puis, une nuit, elle avait accouché dans la cabane misérable où elle logeait avec le fou. Il avait assisté seul à sa délivrance. Aucun visage ami ne s'était penché sur ses joues convulsées, n'avait essayé d'apaiser ses souffrances. Comme une fille de ferme, elle avait suffi seule à la charge de sa maternité. Et la première émotion qui lui vint, dès qu'elle eut repris conscience du monde extérieur, fut le rire aigu, féroce, tenace de François-la-Paille.

L'attachement passionné qui la liait à son fils, était oppressé par ce souvenir. Elle était hantée par l'obsession de la folie. Elle étudiait les yeux clairs de l'enfant pour découvrir les premières lueurs d'intelligence.

Toute sa nature ardente, la chaleur de ses sens qui l'avait jetée dans les bois au milieu des bandits, se concentrait dans une ardente passion de maternité. Elle veillait sur son fils, le baisait, buvait ses premières larmes et ses cris avec toute la fougue qu'elle apportait dans les caresses de l'amour.

Un jour, François, qui était sorti au matin, selon son habitude, ne revint pas. Inquiète, Nanette s'informa. Le fou avait été pris, dans une rue des vieux quartiers, d'une crise atroce. La vue d'une patrouille de militaires avait évoqué en lui quelque vision sanglante. Il s'était élancé sur les soldats, essayant de frapper. Et il était tombé sous un coup de crosse, le crâne de nouveau ouvert. Nanette le trouva râlant sur la chaussée. Il mourut dans une agonie terrifiante sous les yeux de la jeune femme, qu'il injuria jusqu'au dernier moment.

Durant les jours qui suivirent, Nanette, accablée par le souvenir du fou, ne pouvant détacher sa pensée de cette obsession, et se sentant à jamais abandonnée dans cette ville qui se reprenait à vivre dans un printemps de gaieté nouvelle, Nanette, fille des champs, que le pavé des villes troublait et fatiguait, se décida à partir pour retrouver la maison où elle avait passé son enfance.

Elle revint à pied à Pourrières, avec son enfant, en mendiant le long des routes. Au pays, tout était changé. Le père de Jean-Pierre était mort ; aucun de ses camarades n'avait reparu. Nul ne la connaissait plus. Et à la voir ainsi flétrie, vieillie, les yeux hagards, entourée de misère, de honte et de peur, ceux qui l'avaient vue enfant secouaient la tête et refusaient de la reconnaître.

Elle apprit que sa mère et sa sœur Jeanne avaient été conduites à Draguignan sur une dénonciation de Jean-Pierre. Par cette révélation terrifiante sombrait le dernier espoir de sa vie, la foi qu'elle gardait en son amant. Elle partit pour Draguignan. Elle voulait se rendre chez le juge, révéler ses crimes pour obtenir la liberté de sa mère et de sa sœur. Elle se mettrait aux genoux du magistrat, le supplierait et le persuaderait de l'innocence des deux femmes odieusement accusées...

Elle rôda longtemps dans les rues de Draguignan. Elle ne savait comment se présenter au Juge. Elle se tenait devant la porte de la prison, attendant qu'on l'arrêtât pour l'interroger.

Un matin, la place de la prison prit tout à coup une animation extrême. La foule arrivait en tempête derrière un fourgon bruyant. C'étaient les bois de la guillotine qu'on dressait sur la place. On allait exécuter le dernier bandit de l'interminable procès des réquisitionnaires. Le peuple, excité malgré la fréquence de ce spectacle, emplissait la place.

Appuyée sur une borne, à la porte de la prison, Nanette qui ne comprenait point, se souvenait d'un spectacle semblable à Nice, sur la place Egalité lorsqu'on amenait Jean-Pierre blessé.

Tout à coup, la porte s'ouvrit, des gendarmes firent évacuer les abords de l'entrée. Un groupe parut. Deux hommes soutenaient par les bras le condamné, les mains liées au dos, la tête nue, le torse vêtu d'une chemise sale.

La guillotine se dressait hideuse au fond de la place. Le supplicié s'arrêta, convulsé, les yeux fixés sur l'effroyable apparition. Les aides le poussèrent, il chancela.

Soudain, un cri roula par dessus la clameur sourde de la foule qui injuriait encore le condamné. Nanette avait reconnu Jean-Pierre. Ses bras se tendirent...

Le jeune paysan, à cet appel, avait aperçu sa maîtresse ; cette souffrance suprême donnait au calvaire qu'il avait à franchir jusqu'aux marches de la guillotine une intensité féroce.

Vaincu par la douleur physique, par la peur, par la pitié, il s'affaissa. On dut le porter...

Nanette immobile, comme pétrifiée au milieu du cercle qui s'était fait autour d'elle, ne voyait plus que la partie supérieure de la guillotine, par delà la foule. Les tambours battirent aux champs...

Nanette s'agenouilla. Ses tempes battaient, ses joues se mouillaient de sueur âpre ; elle était livide. Peu à peu, sa tête, qu'elle penchait, s'inclina davantage. Enfin, elle tomba, délivrée par l'évanouissement qui efface le présent...

Le peuple s'étonna un instant autour de ce corps étendu ; un peu de pitié montait des cœurs aux lèvres. Mais la gendarmerie faisait évacuer la place.

La *Marseillaise* éclata, et la foule, en délire, sautant, enlevée par la cadence des cuivres, hurla :

— Aux armes... citoyens !...

APPENDICE

MASSÉNA ET LES BARBETS

Il n'est pas, dans l'épopée de Bonaparte, de figure plus fièrement dessinée sur l'auréole des gloires militaires, que celle d'André Masséna, soldat de fortune, presque illettré ; il est le témoin le plus éloquent de la supériorité des armées révolutionnaires sur les troupes formées aux écoles.

Aucun homme n'a conquis en si peu de temps tant de victoires. La ténacité de son caractère, l'extraordinaire résistance de son énergie, l'aptitude singulière à ne désespérer de rien, tout ce qui constituait ce tempérament souple et têtu, fait de vigueur, d'intelligence et d'audace rayonnante, il le devait à ses hérédités ensoleillées, à la race généreuse et forte de cette terre du Comté de Nice, qu'il aima toujours si profondément.

La gloire de Masséna est définitivement encadrée dans l'histoire. Je ne crois pas être accusé de vouloir y porter atteinte en essayant de préciser ici un point obscur de la carrière du héros niçois.

Masséna a-t-il été barbet ? La tradition est unanime à ce sujet. A Roquebillière et à Levens, les récits laissés par les grandpères racontent que Masséna, évadé des prisons de Nice, a fait le coup de feu dans les bandes de miliciens piémontais. Les précis ou factums historiques locaux sont muets sur cette page de la vie de Masséna. Aux archives ensevelies à la Préfecture, les documents de l'époque, qui d'ailleurs ont été pillés, sont d'une pauvreté extrême sur les barbets. A la Restauration, des mains intéressées ont déchiré les feuilles compromettantes (1). Le silence embarrassé et maladroit des historiens, la disparition des pièces révélatrices s'explique par l'épouvante que les barbets ont laissée autour de leur nom.

Il est fort probable qu'un curieux lettré s'avisera un jour de réhabiliter ces bandits exaspérés. Ils le méritent pour la vaillance de leur caractère et la bonne foi de leur révolte.

Après quarante-trois ans, en 1792, l'armée sarde, à la veille d'une guerre terrible, était en pleine déconfiture. Lorsque le roi de Sardaigue, qui venait de signer avec l'Autriche un traité d'alliance offensive, voulut envoyer les 10.000 hommes qui devaient occuper le Comté de Nice, il dut, pour compléter ses effectifs, faire un appel aux montagnards du Comté, dont la vaillance était proverbiale. Ils se levèrent en masse.

Comme leurs ancêtres des XVe et XVIe siècles, ils s'armèrent à la hâte, en corps indépendants, pour faire, sur leur terre, d'accès très difficile, la redoutable guerre de guérillas. On les organisa en compagnies de milices, sous le nom de chasseurs de Nice, en leur imposant des officiers choisis dans l'armée de ligne. Mais il ne tardèrent pas à se désigner eux-mêmes par le nom, alors glorieux, de «barbets» qu'avaient pris leurs ancêtres.

Ils se battirent admirablement contre l'armée républicaine d'invasion. Lorsque la Maison de Savoie abandonna ses Etats de Terre-Ferme, elle oublia les chasseurs de Nice. Les troupes de Nice s'étaient repliées, laissant aux hasards de la destinée les héroïques volontaires qui, ignorant les événements,

(1) M. Musso, dans son étude sur les Barbets à Roquebillière, a constaté que nombre de feuillets du registre des délibérations de la Municipalité avaient été arrachés.

continuèrent à tenir la campagne. Peu à peu, ils se divisèrent, et il ne resta plus que des bandes isolées. Poussés par la détresse d'une situation sans issue, voués d'avance aux mains des bourreaux, abandonnés par leur patrie, les miliciens devinrent d'impitoyables bandits.

Les barbets sont donc, à l'origine, des montagnards soulevés contre l'invasion étrangère, dont l'attitude ne diffère en rien de celle des volontaires lors de l'invasion d'Espagne sous Napoléon, et plus récemment, si la comparaison m'en est permise, de celle des francs-tireurs du Jura,

Si Masséna fut barbet en 1792-1793, il ne s'ensuit donc pas qu'il ait été bandit.

Pendant la révolution, le futur maréchal mena à Nice l'existence la plus lamentable. Mécontent du service militaire dans l'armée sarde, qui ne lui avait donné après 14 ans de dur métier que les galons d'adjudant, il promenait son humeur entreprenante dans les rues déjà fiévreuses de notre ville. Il avait perdu sa jeunesse à faire comme mousse de l'acrobatie le long des mâts. A la caserne il n'avait appris que la lecture et l'écriture (1). Ce n'était pas suffisant pour trouver une situation honorable. Entre temps, il s'était marié à Antibes avec Mlle Lamarre ; cette circonstance lui avait permis de passer au domicile de ses beaux-parents quelques mois de son existence d'oisiveté.

Mais l'ouragan révolutionnaire agitait la petite ville blottie au pied du Château : Masséna accourut. Les soldats élisaient eux-mêmes leurs officiers, et voilà l'ancien adjudant du régiment royal italien proclamé adjudant-major.

La formation de ces bataillons volontaires composés dans un admirable élan de la nation, était singulièrement dangereuse à Nice. Loin de toutes les influences et de tous les courants, la jolie ville ensoleillée se trouva mal au contact des hommes

---

(1) Pour devenir sergent, Masséna apprit la lecture et l'écriture et parvint en peu de temps à se former une belle main. Toselli, Notice sur Masséna.

grossiers et affamés venus du Nord. Les bataillons volontaires se brouillèrent avec les troupes de ligne.

Le général Anselme, qui occupait Nice en pays conquis, envoya la brigade de Barral réquisitionner les bestiaux dans la montagne. Les troupes révolutionnaires furent accueillies, à coups de fusil. Tout le pays était en armes. Il fallait prendre les fermes les unes après les autres ; ce fut l'occasion de scènes de pillage et d'actes inouis de banditisme. Les montagnards tombèrent sur le détachement cantonné à Levens et le massacrèrent.

Barral dut plier devant les chasseurs de Nice, encore organisés, et qui trouvaient chez les paysans un appui d'autant plus empressé que les républicains leur apparaissaient, en cette première visite comme d'atroces pillards (1).

Masséna qui commandait le 2e bataillon des volontaires du Var, avait été envoyé pour accompagner Barral dans cette expédition, mais il ne suivit pas le général dans sa retraite. Il resta à Levens. C'était une trahison.

Le conflit entre les troupes de ligne et les volontaires s'aggravait chaque jour. Les Niçois refusèrent de participer aux réquisitions de bestiaux. Les circonstances favorisaient leur union avec les chasseurs de Nice. Il y avait des volontaires dans les troupes cantonnées à Levens ; ils échappèrent seuls au massacre.

Cependant, le général Dumerbion venait d'être envoyé avec des forces imposantes « pour réprimer l'insurrection dans son foyer », disait l'ordre du général Anselme. Quelle fut alors la conduite de Masséna ? Fut-il surpris par l'arrivée inopinée des troupes ? Essaya-t-il de payer d'audace en déclarant qu'il était resté à Levens « pour ramener par la persuation les esprits aigris de ce bourg, berceau de sa famille », comme le dit Toselli ?

Dumerbion le fit arrêter et conduire sous bonne escorte à Nice, où on l'emprisonna (4 décembre 1792).

Le général Anselme était fort irrité contre Masséna. Il l'avait fait incarcérer « par la gendarmerie », comme un malfaiteur de

(1) Toselli, Précis historique de Nice, deuxième partie, tome I, page 97.

droit commun. Mais il était fort difficile et fort délicat d'instruire un procès de ce genre. Les conflits entre les troupes de ligne et les volontaires niçois s'accentuaient (1).
D'autre part, le général commandant en chef l'armée d'Italie ne pouvait plus ignorer le caractère de l'insurrection de la montagne. Si les volontaires niçois faisaient cause commune avec les chasseurs de Nice, c'était une guerre irritante, dangereuse et sans gloire qui allait s'ouvrir. Anselme ne se hâta donc pas de faire instruire le procés de Masséna. Celui-ci s'en plaint dans une lettre « aux citoyens législateurs de la Convention Nationale ». Il se plaint d'avoir été arrêté sans motif et demande justice.

Mais ce document, découvert par Toselli, est d'une authenticité fort douteuse. Je ne puis entrer ici dans une discussion de texte. Qu'il me suffise de dire qu'on n'y reconnait point l'écriture de Masséna, qu'il est orthographié correctement, qu'il exprime des sentiments de justice supérieure, et notamment une allusion à l'*habeas corpus* (droit de tout détenu à être interrogé dans les 24 heures), qui est fort réjouissante sous la plume de l'ancien sergent du régiment royal italien.

Le style de cette pièce, due à un historien trop complaisant, hurle d'ailleurs avec celui d'une autre lettre, citée encore par Toselli, et dans laquelle Masséna gémit en un fatras incohérent de supplications pour se faire pardonner le malencontreux voyage de Levens.

Et soudain, le 21 Janvier 1793, un coup de théâtre se produit. Pendant qu'on exécute Louis XVI à Paris, Masséna s'évade de sa prison.

Le jeune officier arrivait à point dans la montagne. « Les miliciens piémontais venaient d'apprendre que les troupes sardes s'avançaient vers le Comté de Nice. Ils ouvrirent spontanément la campagne de 1793 en janvier et en février et repous-

(1) La désertion des volontaires parmi les chasseurs de Nice est dénoncée par une lettre des commissaires Goupilleau, Collot, d'Herbois et Lasource à la Convention Nationale (décembre 1792).

sèrent tous les postes des républicains dans les hautes gorges de la Tinée et du Var (1).

Les frères Sainte-Marguerite, gentilshommes niçois, occupaient avec une aile de l'armée sarde St-Martin, Roquebillière, Lantosque, Utelle et bientôt Guillaumes et Puget-Théniers. L'activité militaire devint intense dans la montagne ; les barbets triomphaient ; c'était à leur résistance que l'armée sarde devait ses succès.

Que devint Masséna au sortir de prison ?

Dans sa biographie de l'illustre maréchal, Toselli ne s'en est point préoccupé. Après avoir annoncé son évasion, il écrit, sans alinéa : « Le général Biron, qui remplaça Anselme, confia à Masséna le commandement de Baolet, formé de six bataillons. »

Je n'ai retrouvé que dans un seul livre, les « Bandits Justiciers », d'Eug.-V. Gauthier père, une allusion à cette époque de la vie de Masséna. C'est au milieu des barbets que l'auteur fait vivre son héros ; et il y a tout lieu de croire qu'il s'est inspiré pour son récit des témoignages recueillis par la tradition.

Tout d'ailleurs semble établir que le futur maréchal gagna la montagne après son évasion. Il avait échappé miraculeusement à la mort à Nice et il ne devait nullement lui répugner de prendre du service parmi ses anciens camarades d'armes contre les Français qui s'étaient montrés si impitoyables à son égard. Le général Biron, mis au courant de l'aventure, lui fit tenir des propositions, et Masséna fut exigeant, sans doute, puisque un an après son élection au grade d'adjudant-major, il était général de brigade (22 août 1793), et bientôt général de division (20 décembre 1793).

Que serait-il advenu si Anselme, au lieu d'être appelé à la barre de la Convention, était resté à Nice ? Masséna aurait été, peut-être, pendu haut et court, comme barbet, à quelque olivier de Levens. Peut-être serait-il devenu capitaine dans l'armée sarde, pour finir, à sa mort, le 4 avril 1817, comme officier de

(1) Toselli, op. cit. page 101.

parade de l'impératrice Marie-Louise, duchesse coquette et ravie de Lucques...

Un seul homme rappela à Masséna, vers la fin de sa carrière, qu'il avait été barbet. Ce fut Louis XVIII, qui, recevant à son arrivée à Paris le glorieux héros de Rivoli, de Zurich, de Gênes et d'Essling, lui dit :

— Prince, je me propose de vous faire délivrer de grandes lettres de naturalisation...

Le maréchal de l'empire pâlit. Cette allusion au service qu'il avait fait dans les milices sardes le blessa définitivement. L'injure faite par l'épaisse Majesté, ramenée à Paris par les Alliès, à cet admirable soldat, plus glorieux à lui seul que tous les Bourbons depuis Louis XIV, et qui avait donné tant de victoires à la France, resta comme une plaie douloureuse, toujours ouverte au cœur du héros.

FIN

TABLE DES MATIÈRES

www.ingramcontent.com/pod-product-compliance
Ingram Content Group UK Ltd.
Pitfield, Milton Keynes, MK11 3LW, UK
UKHW031906260826
14628UKWH00003B/1018

9 782013 449328